GEORGICA

农事诗

〔古罗马〕维吉尔 著　　党晟 译注

商务印书馆
The Commercial Press
创于1897

P. Vergilius Maronis

BUCOLICA ET GEORGICA

In Usum Scholarum

Lipsae

In Aedibus B. G. Teubneri

1899

据该书中的Georgica拉丁文原文翻译

目　录

导　言

公元前30年，在罗马内战中接连获胜的屋大维（Julius Caesar Octavianus）发兵攻占埃及，迫使他的政敌马克·安东尼（Marcus Antonius）和埃及女王克利奥帕特拉七世（Cleopatra Ⅶ）相继自杀，为实现其独裁统治扫除了障碍，并奠定了罗马从共和制转变为帝制的基础。次年，屋大维由埃及返回罗马，途中于阿泰拉（Atella）暂住数日。在这座临近那不勒斯湾的古城，诗人维吉尔花费四天时间，为即将加冕为"奥古斯都"（Augustus）的屋大维朗诵了他的新作《农事诗》（*Georgica*）[①]。

维吉尔（Virgil）[②]，本名普布留斯·维吉留斯·马罗（Publius Vergilius Maro，公元前70—前19），是古罗马最负盛名的诗人，也是欧洲文学史上极具影响力的伟大作家之

[①]　Donatus, *Vita*, 91-97，参阅Fantham in Fallon, 2009, xv。

[②]　Virgil是英语文献中的拼写形式，汉译据此作"维吉尔"，与诗人的本名相去颇远，但该译名已为国内学界所采纳，故沿用。

一。维吉尔出生于意大利北方城市曼图亚（Mantua，今曼托瓦）郊区一户富裕的农家，少年时代曾先后赴克雷莫纳（Cremona）、梅迪奥拉努姆（Mediolanum，今米兰）和罗马求学。在罗马文坛崭露头角之后，维吉尔得到屋大维幕僚麦凯纳斯（Gaius Maecenas，？—公元前8）的资助，成为麦凯纳斯周边文人圈子的主要成员③。不久，他退隐意大利南部的坎帕尼亚（Campania）地区，研修哲学并潜心写作。公元前19年，为考察古代遗迹，维吉尔游历希腊和小亚细亚，旅途罹病，归国后即与世长辞。

维吉尔一生著有三部重要作品，即《牧歌》（Bucolica）、《农事诗》和《埃涅阿斯纪》（Aeneis，一译《伊尼德》）④。其中，《农事诗》写作于公元前36年至前29年之间，共四卷，2188行，分别论说谷物种植、果树栽培、家畜饲养、蜜蜂繁育等不同的农事活动，并涉及战争、瘟疫等主题，贯穿了作者对人类命运的关切和思考。这部作品在欧洲文学史上享有崇高地位，尤其受到知识精英的青睐，法国作家蒙田（Michel de Montaigne，1533—1592）、英国诗人德莱顿（John Drydon，1631—1700）等人对《农事诗》评价极高，德莱顿甚至称誉《农事诗》为"最佳诗人的最佳诗作"（the best

---

③ 这一文学团体中还有日后蜚声罗马文坛的两位大诗人，即贺拉斯（Quintus Horatius Flaccus，公元前65—前8）和普罗佩提乌斯（Sextus Propertius，约公元前50—前16之后）。

④ 此外尚有后人辑录的《维吉尔外集》（Appendix Virgiliana），但学界认为其中所收多系伪作。

poem of the best poet）⑤。然而，比之于维吉尔的成名作《牧歌》和宏大史诗《埃涅阿斯纪》，有关《农事诗》的现代研究起步较晚，对于作品的主题思想及具体内容，学界议论纷纭，多有异说，以致某些研究者将《农事诗》视为一部"优美而难解"（beautiful but elusive）的作品⑥。鉴于此，译者以为首先应该就这部作品的体裁、诗人所继承和利用的文学资源，以及由此引发的关于作品属性的理解做必要的说明和大致的梳理。

维吉尔《农事诗》与西方古典教谕诗的传统

依据西方传统的文类（literary genre）划分，维吉尔的《农事诗》通常被归入教谕诗的范畴。

所谓"教谕诗"（didactic poetry），按照一般的界说，即以传授知识、提出建议，进而予人以哲理或道德的教诲为旨趣的诗歌类型⑦。公元前8世纪的古希腊诗人赫西俄德（Hesiod）著有《神谱》（*Theogony*）、《劳作与时日》（*Erga kai hemerai*），被公认为教谕诗的开山之祖。前苏格拉底时期的哲学家巴门尼德（Parmenides，约公元前515—前450之

---

⑤　Owen Lee. *Virgil as Orpheus*, State University of New York Press, 1996, xii.

⑥　Jasper Griffin, *Virgil*, Bristol Classical Press, London, 2002, p.34.

⑦　参看《牛津文学术语词典》（*Oxford Concise Dictionary of Literary Terms*），上海外语教育出版社2000年版，第57页，"didactic"条。

后）、恩培多克勒（Empedocles，约公元前495—约前435）的著作也采纳了当时通行的六步格（hexameter）诗体，因为韵文读来朗朗上口，便于不识字的公众记诵。但是，作为独立文类或批评范畴的教谕诗在古希腊尚未成立。公元前400年以后，由于散文的兴起，知识性的主题有了更为详明、平实的载体，这种"寓教于诗"的文体遂告式微。到了希腊化时代（公元前4世纪末至前1世纪），以托勒密王朝的都城亚历山大里亚为中心，写作"赫西俄德式"的教谕诗才开始成为文坛的风尚。此类诗歌题材广泛，大而至于一门学科的综合知识，小而至于一种实用的经验或技能，都成为诗人付诸吟咏的对象，前者如阿拉图斯（Aratus，约公元前315—约前240）的《天象》（*Phaenomena*），后者如尼坎德（Nicander，公元前2世纪）的《毒虫》（*Theriaca*）和《解毒方》（*Alexipharmaca*），就是这一时期教谕诗的代表作品。饶有趣味的是，希腊化时代的诗人虽有"掉书袋"的癖好，但他们写作教谕诗的主要目的似乎并不在传播知识。据说阿拉图斯对天文学不过略知皮毛，当他以韵文转述欧多克索斯（Eudoxus of Cnidos，约公元前400—约前347）的天文学理论时，他一味炫耀自己的诗才，尤其是将"缺乏诗意"的主题纳入诗化表达的能力，以致忽视了内容的翔实和论述的严谨[8]。然而，凭借西塞罗（Marcus Tullius Cicero，公元前

---

⑧　因为其中存在大量知识性错误，这部作品受到天文学家喜帕恰斯（Hipparchus，约公元前190—约前120）的批评。

106—前43）的拉丁文译本，阿拉图斯的《天象》在罗马文坛产生了深广的影响⑨。古罗马人写作教谕诗始于对希腊作品的译介和模仿⑩，但在公元前1世纪中叶以降的百余年间相继完成了数部超越其希腊先辈的伟大作品，包括卢克莱修（Titus Lucretius Carus，约公元前99—前55）的《物性论》（De Rerum Natura）、维吉尔的《农事诗》和奥维德（Publius Ovidius Naso，公元前43—公元17）的《岁时记》（Fasti）。卢克莱修以热情洋溢的诗句阐释伊壁鸠鲁派的哲学，特别是关于"原子"和"虚空"的理论，他把深奥的内容比作"苦艾"，优美的形式喻为"蜜糖"，自称："我将晦涩的主题化为清歌，使之焕发出诗意的魅力。"⑪在某种程度上，这一表述同样适用于评价维吉尔《农事诗》的艺术特色。

　　维吉尔的《农事诗》之所以被认为"优美而难解"，一方面在于作者善于利用象征和隐喻的修辞手法，另一方面则在于其中汲取了大量希腊、罗马的文学资源，这种"互文性"（intertextuality）丰富了诗作的内涵，当然也增加了阅读的难度。

---

　　⑨　学界认为西塞罗的译本影响了卢克莱修的诗风。此外，《天象》尚有日耳曼尼库斯（Germanicus Julius Caesar，公元前15—公元19）、阿维厄努斯（Festus Rufus Avienus，公元4世纪）等人的拉丁文译本。

　　⑩　第一部拉丁文教谕诗是昆图斯·恩纽斯（Quintus Ennius，公元前239—前169）从希腊文翻译的作品，原作被归于西西里的埃庇卡摩斯（Epicharmus，约公元前540—前450）名下。

　　⑪　Lucretius, De Rerum Natura I. 933-941, 参阅卢克莱修《物性论》汉译本，方书春译，商务印书馆2009年版，第55—56页。

　　维吉尔宣称要在罗马传唱"阿斯克拉人的歌曲"
（Ⅱ.176），表明他以赫西俄德的后继者自任。虽然有人认
为《劳作与时日》给予《农事诗》的启发，不及忒奥克里托
斯（Theocretus，公元前3世纪）的《田园诗》（Idylls）之于
《牧歌》，荷马史诗之于《埃涅阿斯纪》的影响巨大[12]，但
维吉尔从赫西俄德那里承袭了一种"教谕的态度"（didactic
stance），包括在诗篇中设置一名"叙说对象"（addressee）
的写作体例，而且《农事诗》卷一的前半部分，也遵循了
"劳作"与"时日"的基本范式。

　　在诸多方面，维吉尔继承了希腊化时代的文学遗产。他
的诗题"Georgica"源自尼坎德同名诗作，这一希腊词的本
意为"农耕"，也与名词"georgos"（农夫）相关，可理解
为"农夫的生活"[13]。四卷本的结构可能借鉴了卡利马科
斯（Callimachus，约公元前310—前240）《起源》（Aitia）
的成例。阿拉图斯的《天象》对维吉尔写作《农事诗》第一
卷后半部分内容也有显著的影响。第四卷中俄耳甫斯下地
狱拯救其亡妻的故事始见于赫墨希亚纳克斯（Hermesianax，
公元前3世纪）的诗歌残篇[14]，叙事体的"微型史诗"

---

　　[12]　Owen Lee, 1996, p.32.

　　[13]　可惜尼氏之作已经散佚，无法与维吉尔的作品加以比较。

　　[14]　从称羡俄耳甫斯具有"起死回生"的法力发展为俄耳甫斯下地狱拯救其
亡妻的故事，这一神话有一个漫长的形成过程，分别见于欧里庇得斯（Euripides，
约公元前480—前406）、柏拉图（Plato，约公元前427—前348）、伊索克拉底
（Isocrates，公元前436—前338）、帕莱法托斯（Palaephatus，公元前4世纪后期）等
古典作家的著作。

（epyllion）则是希腊化时代兴起的诗歌类型，并在罗马的"新派诗人"（neoteric poets），尤其是卡图卢斯（Gaius Valerius Catullus，约公元前84—约前54）的作品中得到了发扬光大。

一如亚历山大里亚的教谕诗人，维吉尔也从前人遗留的各类文献中获取了重要的素材。他一再援用荷马史诗中的神话典故，特别是阿里斯泰乌斯与海老人的较量、俄耳甫斯下地狱的情节，更是直接利用了从《奥德赛》（*Odyssey*）中借用的材料[15]。关于"马溺"（hippomanes）的药用价值、骒马因风受孕的传闻以及蜜蜂某些习性的描写源自亚里士多德的《动物志》（*Historia Animalium*）。涉及植物类别及分布的论述得益于提奥夫拉斯图斯（Theophrastus，约公元前371—约前287）的《植物志》（*Historia Plantarum*）和《论植物的本原》（*De Causis Plantarum*）。天空由五部分构成之说借用了古希腊地理学家埃拉托色尼（Eratosthenes，公元前3世纪）五条气候带的理论。此外，罗马作家瓦罗（Marcus Terentius Varro，公元前116—前27）的《论农业》（*Rerum Rusticarum de Agri Cultura*）先于《农事诗》发表，该书的卷目可能对《农事诗》的整体构思有所启发[16]，其中部分材

---

[15] 见本书卷四，对照 Homer, *Odyssey* Ⅳ.351-570; Ⅺ.34-43。参阅《奥德赛》汉译本，王焕生译，人民文学出版社2008年版，第66—74、195页。

[16] 瓦罗《论农业》分为三卷，第一卷论农耕和园艺，第二卷论畜牧，第三卷论家禽和蜜蜂的养育。

料也为维吉尔所采纳，甚至成为后者写作诗中某些段落的蓝本。

那么，这部博综群言、涉猎广泛，包含大量知识性内容的作品可否视为一种农学著作或实用的农艺手册呢？据说，18世纪的英国乡绅曾试图在他们的田庄实施"维吉尔的农耕之法"（Virgilian farming）[17]。我们不知道实验的结果是否令人满意，但此一逸闻足以引发关于《农事诗》基本属性的深入思考。

在维吉尔的《农事诗》问世之前，已经出现了大量有关农业的论著[18]。其中，以拉丁文撰写的农学专著首推老加图（M. Porcius Cato Censor，公元前234—前149）的《论农业》（De Agri Cultura）。为了辨明上述问题，我们不妨将加图《论农业》与维吉尔《农事诗》中的相关内容做一简要的比较。

例如，加图列出了拥有240尤格鲁姆（iugerum）土地的橄榄园需要配备的人员、家畜和各类农具及生活用品。人员计有：总管夫妻2人、杂工5名、耕者3名、驴夫1名、猪倌1名、牧人1名，共13人。家畜有牛3头、运肥之驴3匹、拉碾之驴1匹、羊100只。主要农具包括：装有铁铧的犁具6

---

[17] Jasper Griffin, 2002, p.36–37.

[18] 依据瓦罗的说法，用希腊文撰写农学论著的作者多达50余人。Varro, *Rerum Rusticarum de Agri Cultura* I.1，参阅瓦罗《论农业》汉译本，王家绥译，商务印书馆2014年版，第16—17页。

套、配备绳索的牛轭3副、车3辆、叉8件、锄8把、铲4把、铲车5件、耙2把、钐镰8柄、镰刀5柄、修枝刀5柄、斧头3柄、楔子3把。至于生活用品，则从餐桌、长凳、床、被褥、枕头到贮存油、水的罐、缸，细致周全，面面俱到，甚至连"夜壶"也没有遗漏[19]。

值得注意的是，240尤格鲁姆约合64.2公顷，虽说栽培橄榄比种植粮食节约劳力，所配备的人员也明显不足，因而不难想见田间劳作强度之大。这一切之所以可能，完全建立在奴隶劳动的方式之上[20]。反观维吉尔的诗篇，不仅没有全面介绍必要的农具类型并说明额定土地面积所需的农具数量（I.160-175），而且忽略了当时普遍存在的奴隶劳动。他笔下的农夫虽然"劳碌不休"，但"全然不知世间的尔虞我诈"，他们生活节俭，却能自给自足，并可领会乡村生活的种种乐趣（II.458-474，513-540）。事实上，在维吉尔的时代，作为一个社会阶层的自耕农正在迅速消亡。正如诗人在《牧歌》之一、之九中所描述的那样，他们的土地或被官方征收，或被豪强兼并，迫使他们沦为佃农或流亡他乡[21]。因此，诗人笔下的乡村生活图景并非现实的写照，而是对业已

---

[19]　Cato, *De Agri Cultura* X, https://www.thelatinlibrary.com/cato.html，据拉丁文原文编译。

[20]　Varro, *Rerum Rusticarum de Agri Cultura* I.17，参阅瓦罗《论农业》汉译本，2014年，第59—61页。

[21]　Virgil, *Bucolica* I, IX，参阅拙译《牧歌》，广西师范大学出版社2017年版，第37—41、129—132页。

9

逝去的古昔之世的追忆："这就是萨宾人的老祖先所享有的生活，雷慕斯兄弟也是如此……不闻号角的悲鸣，也听不见在坚硬的铁砧上锤锻剑锋的铿锵之声。"（Ⅱ.531-540）饱含眷恋之情的歌吟，寄寓了诗人深沉的乡愁。

由此可见，所谓"教谕的态度"主要关乎言说的方式，并不决定作者的创作意图和作品的思想内涵。所有关于农耕、园艺、畜牧、养蜂的"知识性"论述，与其说具有指导实践的价值，不如说偏重于渲染乡村生活的愉快体验或具有象征性的隐喻意义。关于这一点，古罗马的作家早有洞见，塞内卡（Lucius Annaeus Seneca，约公元前4—公元65）在其《道德书简》（*Epistulae Morales ad Lucilium*）中写道：

> 我们的维吉尔所关注的并非底里的真相，而是特别适合叙说且言之动听的内容，正如其夫子自道："无意教诲农夫，只愿愉悦读者。"[22]

如果否认《农事诗》是一部以传授知识、指导实践为目的的著作，那么，诗人为何要在其文学生涯的鼎盛期创作一部以"农事"为题的作品？在持续一个世纪的罗马内战即将终结的历史转折关头，他在这部作品中究竟要表达什么？下面，就让我们依循作者的思路，分别介绍四卷的

---

[22] Seneca, *Epistulae Morales ad Lucilium* LXXXVI.15. https://www.thelatinlibrary.com/sen.html. 引文据拉丁文原文翻译。

主要内容及其间的关联，以期了解诗人的创作意图和作品的思想内涵。

四个乐章：《农事诗》的内容、结构及其发展脉络

从总体上看，维吉尔的《农事诗》由四卷构成，很容易令人联想到交响曲的曲体结构。深入阅读，我们会发现其中同样包含主题的呈示、展开、再现，不同主题的对立和冲突，大、小调的转换和色彩对比，各卷之间既有情绪的反差，又相互关联，前后照应，在不断推进、曲折发展的过程中形成和谐统一的整体。上述特点不仅体现了诗歌与音乐的相通之处，同时也昭示了古典传统作为精神的血脉，始终贯穿于西方文明的肌体之内，甚至对近现代世界的文化成果也产生了潜移默化的深刻影响。

卷一：大地之歌

开宗明义，诗人首先向他的赞助人介绍了整部作品的基本内容，即谷物种植及天象与农时的关系、葡萄栽培、家畜饲养和"繁育勤俭的蜜蜂必备的经验"（I.1-5）。不足五行的诗句堪称全书的提要，高度概括而又主旨鲜明。

随后，是一段充满古老仪式感的祷文。诗人召请了引导时序推移的日、月，谷神刻勒斯（Ceres）和酒神利贝

尔（Liber），海王尼普顿（Neptunus）、智慧女神密涅瓦
（Minerva），以及民间信仰中的山神地祇和草木精灵，又不
指名地加上了两位"文化英雄"（cultural heros）：拓荒者阿
里斯泰乌斯（Aristaeus，此人的出场为后文埋下了伏笔）和
发明曲辕犁的特里普托勒摩斯（Triptolemos）㉓。继之，他
转而向"凯撒"祝祷，预言其将成为海洋之神或天上的新
星。显而易见，此处之"凯撒"应指当时已大权在握的屋大
维㉔，但罗马并无奉活人为神灵的习俗，因此这段文字难免
令人感到荒诞无稽且颇为费解。可以肯定的是，维吉尔的祝
祷绝非曲意逢迎的谀辞。经历了群雄争霸的动荡岁月，诗人
敏感地意识到旧体制已经没落，罗马急需一位强有力的领袖
人物平息内乱，重建社会秩序。从历史的角度观察，这种不
失自主立场的"妥协"无疑包含非凡的政治远见，何况作者
的"期许"既想入非非，又充满不确定性，更像是对当权者
的诘问乃至反讽㉕。诗人告诫年轻的"凯撒"切勿做"地狱
之王"，同时希望他支持自己的文学事业，怜悯"对前途茫

㉓　在卷首召请神灵的做法可能受到瓦罗的影响，但两位作家所请的神灵并
不尽相同，尤其是维吉尔看重的"乡野之民的福星"，在瓦罗的著作中无一现身。
Varro, *Rerum Rusticarum de Agri Cultura* I.1, 参阅瓦罗《论农业》汉译本，2014年，
第15—16页。

㉔　屋大维本名盖尤斯·屋大维（Gaius Octavius Thurinus），成为尤利乌斯·凯撒
（Julius Caesar）养子后，改名尤里乌斯·凯撒·屋大维（C. Julius Caesar Octavianus）。

㉕　Jasper Griffin指出："我相信，这一段落的巴洛克式的精致和怪异之处，
必定是为了减损而非加强屋大维之为神圣的表述，因为其细节是如此荒诞。"Griffin,
2002, pp.48-49.

无所知"的意大利农民（I.5-42）。

以简短的引子为过渡，该卷进入了"劳作"的部分。作者介绍了气象、土壤与农作物的关系，强调轮作和休耕、施肥和灌溉的重要作用（I.43-117）。但是，即便采取了必要的田间管理措施，仍然存在诸多妨害庄稼生长的不利因素，因为"天父无意使农耕之路平顺易行"。依据诗中的说法，正是主神朱庇特（Juppiter）教毒蛇猛兽四出作恶，令大海波涛汹涌，他还藏匿火种，夺取了绿叶上流淌的蜜露和河川中浮泛的美酒㉖。然而，在维吉尔的"神义论"（theodicy）中，天父并非因为人类的"原罪"或堕落而对其施以惩罚；他之所以设置重重障碍，目的在于"砥砺凡人的心智"，促使他们通过不断的挑战推动文明的进程（I.118-146）。由此，便引出了作品的第一个主题，即"不懈的劳作克服万难"（labor omnia vicit improbus）。

此一主题在沉重的基调中展开。诗人有意强调农夫面临的困难，他说明了病害、草害对作物生长的影响，讲述了鼠类、虫蚁造成的灾祸，在谈到选育良种的问题时，更表露出万物必然趋于衰败的悲观情绪。因此，在逆流中奋力挥桨的船夫，就成为一个与命运抗争的"人"的象征形象（I.147-203）。

㉖　维吉尔将赫西俄德的"五纪"之说概括为"朱庇特的时代之前"及其掌权之后两个阶段。参阅赫西俄德《工作与时日·神谱》汉译本，张竹明、蒋平译，商务印书馆2020年版，第5—7页。

　　遵循赫西俄德的先例，本卷后半部分由"劳作"转入"时日"的内容。诗人要求农夫关注天象和气候的变化，主张农事须顺应时令，不可急切地将年成的希望托付给"心有不甘的田地"。依据古希腊天文学和地理学理论建构的"宇宙论"（cosmology）模型，具有纲维天地、包罗万有的恢宏气象（I.204-275）。其后，天父两次现身，他不仅挫败了叛逆者的企图，而且在震怒中施展出巨大的破坏力量（I.276-334）。正因为如此，渺小的凡人"首先要敬神"，在向慈祥的谷神祈祷的同时，必须注意天父发出的"警告"，从明确的"迹象"预知天气的变化（I.335-468）。写作这一部分内容时，维吉尔从阿拉图斯的《天象》中获取了生动的素材，如下雨之前牛犊仰天吸气，蚂蚁将蚁卵搬出洞穴，几乎就是阿拉图斯诗句的改写[㉗]。然而，比照阅读两部作品的相关段落，阿拉图斯的叙述显得冗长而烦琐，缺乏突出的重点和明晰的层次；相反，维吉尔仅仅撷取了若干典型的事例，通过高明的"剪辑"，便勾勒出风生云起、鸦噪鹤警的画面，在紧张不安的气氛中表现了大自然的勃勃生机。他还改变了叙述的次序，将关于月相、日光的描写移至后段，由尤里乌斯·凯撒（Julius Caesar）遇刺后天现日食过渡到罗马的内

　　㉗　阿拉图斯的《天象》分为六章，总计1154行，最后一章《天气的预兆》（*Diosemeia*）共421行，几近《农事诗》一卷的篇幅。在这篇略显冗杂的文字中，作者从日光、月相讲到动物的行为，介绍了预测天气变化的种种"迹象"。Aratus, *Phaenomena* 733-1154, in *Callimachus, Lycophron, Aratus*, translated by Mair, A. W & G. R, Loeb Classical Library, Volume 129, London, William Heinemann, 1921.

战，从而使"天气的预兆"转化为"人事的预兆"。

对灾难和战争的渲染构成了作品的副部主题：火山爆发，大地开裂，兽吐人言，井喷血水，混杂着人马的喧腾和刀剑的撞击之声，仿佛一系列不协和和弦发出的刺耳音响，凄厉，肃杀，在鼓角齐鸣的宏大气势中，将悲怆的情绪推向最终的高潮（I.469-497）。

"祖国的众神，民族的英灵"，诗人发出热切的呼唤，祈求神灵和先祖不要阻止"年轻的王子"拯救满目疮痍的世界，表明他将屋大维的崛起视为平息战乱的希望，同时又对这位政治强人提出了尖锐的批评，借神灵之口谴责他"只看重尘世的功业，罔顾颠倒了是非曲直"（I.498-510）。

该卷以一个极具象征意味的隐喻告终："背信弃义的战神四处肆虐，犹如驷马高车冲出栅栏，环绕跑道一路狂奔；御手徒劳地勒紧缰绳，仍被怒马牵曳前行，车辆已经不再服从主人的掌控。"（I.511-514）

金鼓之声，戛然而止。

卷二：春天的魔法

与首卷盛大的开场迥然不同，诗人在本卷的序诗中仅召请了一位神灵，即罗马人崇奉的酒神巴库斯（Bacchus）。他亲切地称之为"莱内老爹"（pater Lenaee），邀请酒神与自己一同"将赤裸的双足浸入未熟的新酿"（II.1-8）。

这一颇具戏谑意味的开篇确定了全卷轻松明快的基调，

因此有人将《农事诗》卷二比作四个乐章中的"谐谑曲"（scherzo）[28]。

下文介绍了不同植物的生长规律及人工繁育植物的方法，进而从植物的多样性出发，就葡萄及酒类的品种、产地做了要言不繁且饶有风趣的说明（Ⅱ.9-108）。

主题词"劳作"（labor）和"船夫"的形象再次出现，但流露的情绪却充满了昂扬奋发的精神。诗人呼吁其赞助人："与我一同继续已经开始的劳作……麦凯纳斯，扬起风帆在辽阔的海面飞翔吧！"（Ⅱ.35-46）

继之，诗人兴味盎然地谈及异国的珍奇物产，包括东方的香料、棉花和名贵木材，甚至含蓄地说到了中国古代的桑蚕养殖。有了这番铺垫，他话锋一转，以无比自豪的语气宣称："无论米底的森林，那富甲天下的国土，抑或美丽的恒河和金屑涌聚的赫尔姆斯，都不足匹敌意大利的荣光；巴克特拉、印度，以及沙土生香的潘加耶亦莫敢争锋。"（Ⅱ.109-139）由此，该卷进入第一个高潮，也是整部作品中最为著名的段落之一：所谓的"意大利狂想曲"（Rhapsody of Italy）[29]。温和的气候、丰富的物产；领海和湖泊，还有人工建造的都市、城镇和内港；勇敢的民族以及为国家做出贡献的杰出人物，通过气势宏大的铺陈排

---

[28]　Owen Lee, 1996, p.67.

[29]　Jasper Griffin称之为："意大利之幸福的狂想曲式描述"（the rhapsodic description of the blessedness of Italy），Griffin, 2002, p.42。

比，诗人为他的祖国奉献了一曲饱含深情的颂歌。这里没有虎狼虫豸和令人误食毙命的毒蕈，"鳞甲参差的蟒蛇不会扭转修长的身躯伏地绕行，也不会自行蜷曲为庞大的螺旋。"（Ⅱ.140-176）

富足而安详的图景与天父刻意考验人类的严峻局面呈现出巨大的反差，但仍是第一卷"劳作"主题的变奏，其中既包含历史的回顾，也昭示了未来的希望，如果参阅《牧歌》之四所预言的太平盛世，便不难领会作者的"乌托邦"观念并概见其思想的发展脉络[30]。

诗人的语调由激昂归于平静，他娓娓道来，讲解了识别不同土质的方法、栽培葡萄的自然条件和注意事项，然后简要介绍了种植橄榄和果树的经验以及各类木材的用途（Ⅱ.177-457）。

在此，诗人插入了一段关于"春天"的优美抒情：

> 莽原回响着百鸟的欢歌，牲畜如期重温旧情。肥沃的土地开始萌动，田野敞开胸怀承受西风温煦的吹拂，轻柔的水汽滋润万物。嫩草可以毫无顾忌地面向初升的朝阳，葡萄秧也不必畏惧南风骤起或北风大作引来天降暴雨，而会吐露颗颗幼芽，舒展每一片绿叶。不难想象，当鸿蒙开辟，曙光照临，必定也是此番景象。那

---

③⓪　Virgil, *Bucolica* Ⅳ，参阅拙译《牧歌》，2017年，第71—73页。

是一片融融春色，包容整个世界。东风收敛了冬日的寒气，牛群首次在晨曦中饮水。大地生育的族群，人类，在坚实的土地上抬起了头颅。（Ⅱ.328-341）

这里所歌咏的不仅是节令的春天，也是万象更始、生机勃发的新时代的开端。风雨已经远去，阴霾一扫而空。诗人似乎忘记了他在前文所描绘的苦难场景，任随想象将自己引领到一个美好而广阔的境界，情不自禁地表达出无比喜悦的心情。

与罗马上层社会的骄矜自大相反，诗人对意大利农民的质朴生活给予了热情的褒扬，因为他们不仅拥有大自然赐予的无尽宝藏，并且具备虔敬忠厚、勤劳节俭的优秀品质。此处言及的"至为公正的大地"（iustissima tellus）与上卷所说的"心有不甘的田地"（invitae terrae）形成了对比鲜明的诗歌意象（Ⅱ.458-474）。

诗人赞美缪斯女神，感谢她们的接纳和教诲，进而表达了热爱自然、追求自由的人生理想。学界普遍认为，所谓"能够洞悉事物的原理，将一切恐惧和无情的命运踩在脚下"的先哲，乃是作者对卢克莱修的称誉；"熟识乡野之神潘、年迈的西凡努斯和宁芙姊妹"的贤人，则是维吉尔的自我写照[31]。前者崇尚科学，后者恪守信仰，但是他们都胸怀独立的精神，无论"帝王的华衮"或"官长的仪仗"都不足使之

---

[31] 参阅 Owen Lee, 1996, pp.73-74; Fantham in Fallon, 2009, pp.100-101, n.490.

畏服。他们不仅拒绝与贪婪、残忍的宵小之徒同流合污，而且能够以超然的态度看待纷纭扰攘的世事，从而逾越了时代的限制，成为俯瞰历史过程并从"混沌"中发现秩序的智者（Ⅱ.475-512）。

最后，诗人再次回望安谧的田园，描写了农夫之家的天伦之乐和乡间冬日悠闲自在的生活。他说，这种生活正是人类在朱庇特"执掌权柄"之前的原初状态，并将罗马的强大归之于传统的道德力量（Ⅱ.513-540）。

全卷以如下诗句结束：

> 我们已经走过了大地上广袤的区域，此刻应该放松缰绳，让脖颈冒着热气的马儿歇息片时了（Ⅱ.541-542）。

此一"放松缰绳"的骑手与上文"勒紧缰绳"的御者前后照应，而"马"的出现则引出了卷三的话题。

卷三：英雄的喟叹

本卷的内容是家畜的饲养和繁育，主要涉及牛、马和绵羊、山羊，但将常见的家畜、家禽如猪、鸡等排除在外[32]。

---

[32]　此类小型家畜和家禽正是瓦罗在其著作中加以讨论的对象，猪、鸡之外，瓦罗还介绍了鹌鸟、孔雀、鸽子、斑鸠、鹅、鸭、兔、野猪、蜗牛、睡鼠、鱼等，这些都是维吉尔《农事诗》付诸阙如的内容。Varro, *Rerum Rusticarum de Agri Cultura* Ⅲ，参阅瓦罗《论农业》汉译本，2014年，第三卷各有关章节。

作者的取舍再次表明《农事诗》不同于综合性的农学著作，而是一部精心结撰、有所侧重的文学作品。

诗人首先向罗马的畜牧之神帕勒斯（Pales）、阿波罗和阿卡迪亚的潘（Pan）祝祷，继而畅谈自己在文学创作上的抱负。他直言亚历山大里亚诗人所热衷的传统题材已经家喻户晓，因此他要"另辟蹊径"，夺取诗坛的桂冠并带领缪斯女神"荣归故里"，令所有的希腊诗人因为他所取得的成就而敬谢不敏。在这番宣言式的自白中，维吉尔以铺张扬厉的词句描绘的"神殿"可能暗指尚在酝酿之中的《埃涅阿斯纪》，说明他此时已经有了写作这部宏大史诗的构想（Ⅲ.1-48）[33]。

以优良种畜的选育为由，作者分别介绍了"相牛"和"相马"的经验（Ⅲ.49-122）。在古罗马，马并非一种农用家畜，而主要用于战争和竞技，因此诗中关于马的叙说彰显出英雄主义的情怀："这便是阿密克雷的波鲁克斯执缰驯服的吉拉鲁斯，希腊诗人所吟咏的名马，战神的双骥，大英雄阿喀琉斯的骖驾"（Ⅲ.89-91）。描写赛车场上的激烈竞争，尤其具有勇武豪迈的气概（Ⅲ.103-112）。纵然如此，诗人仍写出了如下词句："若此马身染沉疴，或因年迈而衰颓，请囚之于厩闲，不必怜恤其老丑之姿"（Ⅲ.95-96）。无奈的喟叹，如同乐曲进行中的"离调"（transition），

---

[33]　参阅 Owen Lee, 1996, pp.80-81。

透露出一丝悲凉的意绪。

家畜的繁育将诗人引向了另一个关注点——性本能（sex instinct）的破坏性力量。公牛为赢得母牛的欢心而奋力搏杀，以及失败者远走他乡，为一雪前耻而发愤图强的精彩描述，具备令人动容的悲壮之感（Ⅲ.209-241）。进而，诗人断言人类与禽兽在其生物性的基本体验上并无区分。在动物发情的狂暴行为之间，他插入了一个著名的人间悲剧：青年男子利安德（Leander）泅渡海峡与爱人赫洛（Hero）相会，以致双双殉情的故事。这一传说可能起源于亚历山大里亚，但在存世文献中，维吉尔最早述及此事[34]。值得注意的是，他并未明言男女主人公的名字，而代之以"青年"（iuvenis）和"姑娘"（virgo）的泛称。与其说此处的"匿名"沿袭了亚历山大里亚诗人偏好"隐晦"（obscurity）的传统，不如说故事的内容对维吉尔而言具有普遍的意义；换言之，即维吉尔关注的并非特定恋人之间的凄美爱情，而是男性对女性的狂热欲望。诗中言及的其他神话——萨图化身为马，伊奥变形为牛——进一步说明了人类与动物乃至诸神之间的亲缘关系。人类不仅受天父的考验，而且像动物一样，被自身的贪欲所控制和役使。维吉尔摒弃了亚历山大里亚诗人及其罗马

---

[34]　维吉尔也是唯一揭示该传说中"负面意义"的作者。之后，奥维德在其《列女传》（*Heroides*）中讲述了这一故事。公元5世纪的希腊诗人穆塞乌斯（Musaeus Grammaticus）以此为题写过一部长篇叙事诗，16世纪的英国诗人马洛（Christopher Marlowe）也有题为《赫洛和利安德》（*Hero and Leander*）的未完成诗作。此外，还有多名西方画家创作过同一题材的画作，可见其流传之广与深入人心。

后继者鼓吹性爱的轻佻作风，在揭示"爱"（amor）的破坏性方面，维吉尔与卢克莱修一样冷峻而透彻[35]。最终，诗人借一种颇具色情意味的象征物，即被人类用作春药的母马阴道分泌液结束了有关性本能的叙说（Ⅲ.242-283）。这一象征物赋有十足的消极色彩；然而，联系罗马在百年内战期间性道德的沦丧，作者的悲观情绪似乎并不难理解。

再次向帕勒斯祈祷之后，诗人开始谈论山羊和绵羊的饲养，以富于诗情画意的笔调描绘了夏日牧场的旖旎风光（Ⅲ.284-338）。随后，他将目光转向利比亚和斯基泰的牧人，讲述了极端气候和严酷环境下不同族群的艰苦生活，与上文所渲染的牧歌情趣形成了强烈的反差（Ⅲ.339-383）。异域民族的生活场景，实际上仍是"不懈劳作"主题的再次呈现和发展变化。

何况，危险依然存在，因此需要养狗，以防窃贼、饿狼和"西贝鲁斯人"的入侵。在家畜间喷洒毒液的蝮蛇，更需严加防范，一旦发现，则应予以"迎头痛击"（Ⅲ.404-439）。

从疾病的起因和症候出发，该卷展开了又一沉重的话题：流行于阿尔卑斯山南北的大瘟疫[36]。此前倏忽一现的

---

[35]　对照 Lucretius Ⅳ. 1050-1279. 参阅卢克莱修《物性论》汉译本，2009年，第272—286页。

[36]　对照 Lucretius Ⅵ. 1136-1284. 参阅卢克莱修《物性论》汉译本，2009年，第459—469页。

阴暗音型发展为强烈的主导动机，进而形成"死亡"的主题，与首卷"战争"的主题遥相呼应。诗人描写了"一度备极荣耀的骏马"濒死之际的痛苦，勾画了耕牛劳瘁倒毙，农夫黯然离去，一任入土的犁铧留在田间的悲惨场景。因为此乃"天罹恶疾"，所以一切生灵都难以幸免。复仇女神横行无忌，在牲畜间大开杀戒。尸积如山，皮毛腐烂，如果人类稍有不慎，也将感染灼热的疱疹，肮脏的肢体必然被邪恶的火焰所吞噬（Ⅲ.440-566）。

在政局动荡、战乱频仍、道德败坏、疫病流行的岁月里，罗马已经缓慢地走向精神和肉体的死亡。然而，当历史提供了一个转折的契机时，罗马能够从巨大的牺牲中获得重生吗？且看诗人如何以全新的方式阐发毁灭和重生的主题。

卷四：毁灭与重生

全诗终卷由体裁不同的两部分构成，前一部分（Ⅳ.1-280）谈论养蜂，描绘了小小世界的"纷纭万象"，包括蜂群的"习性、喜好、民众、纷争"；后一部分讲述牧人阿里斯泰乌斯的蜂群失而复得的故事，又穿插了俄耳甫斯（Orpheus）和欧律狄刻（Eurydice）生生死死的爱情悲剧，是一篇结构复杂的微型史诗，也被研究者称为"神话中的神话"（myth-within-a-myth，Ⅳ.281-558）[37]。

---

[37]　参阅 Owen Lee, 1996, p.38。

在非叙事性的（non-narrative）作品中加入叙事性的（narrative）成分，突破了教谕诗的传统形式，是作者融合不同文体的大胆创新。这种富于想象力的独特构思，不仅为诗篇增添了奇皇奇瑰的色彩，而且表达了用平易浅直的词句所难以言说的思想内涵㊳。

诗人以充满怜爱之情的口吻谈论有关蜜蜂的话题。他要求养蜂人为蜂群寻觅一处避风的安身之所，谨防蜥蜴、蜂虎之类的"入侵者"给它们造成伤害。他称蜜蜂为"小小公民"（parvi Quirites），细致入微地描写了蜂群内部的社会分工及蜜蜂各司其职的劳作场景，赞扬它们的勤勉、忠诚、无私、智慧以及不肯放纵情欲的自制力。但是，蜂群之间也会发生战争，应该尊优胜者为王，令顽劣者赴死，从而维持蜂群的优良品种。此处展现的"小人国图景"（Lilliputian illustration），正是人类"文明社会"的缩影。

由蜂群的疾病和死亡，引出了阿里斯泰乌斯—俄耳甫斯的神话故事。阿里斯泰乌斯是阿波罗和仙女昔兰尼（Cyrene）的儿子，他娴熟掌握了农耕、园艺和畜牧的各项技术，但在培育蜜蜂的"文明社会"时却遭到了全面的失败。为此，他来到圣河的源头向母亲哭诉。母亲带领他寻访

㊳　公元5世纪的注疏家塞尔维乌斯（Marius Servius Honoratus）断言此一微型史诗并非出自维吉尔的最初构思，而是迫于权势做出修改的结果，所以评论家们长期以来忽视其与作品整体的关联，甚至不无贬抑之词。直至近年，才有新的研究成果，认为这部分内容不仅与全诗浑然一体，而且是对前文的统合和解释。

睿智的先知，经过一番较量，被制服的先知向他道明了灾难发生的原委：由于阿里斯泰乌斯追求仙女欧律狄刻，后者张皇逃避时为毒蛇咬伤而身亡。她的丈夫俄耳甫斯悲痛欲绝，只身来到阴森的地狱恳求冥王放还他的爱妻。就在两人即将到达人间之际，俄耳甫斯忘记了冥王的告诫，情不自禁地回头看顾欧律狄刻，以致后者再次坠入地狱。在孤独的流浪途中，俄耳甫斯也被酒神的狂女所杀害。为了惩处阿里斯泰乌斯的过失，那些曾经与欧律狄刻为伴的林间仙女毁灭了他的蜂群。阿里斯泰乌斯遵照母亲的吩咐，杀牛宰羊，向仙女献祭祝祷以求宽恕。结果，从腐烂的牛尸中涌出了大群的蜜蜂，"浮动如巨大的云团，最终聚集在树梢，一簇一簇悬挂在柔嫩的细枝上。"（Ⅳ.548-558）

有研究者以荣格（Carl Gustav Jung，1875—1961）"个体化过程"（individualization process）的模式阐释上述神话，认为母亲代表男主人公的"anima"（女性潜质），睿智的老人代表其"animus"（男性潜质），当他从无意识进入有意识的境界，并统合他的种种经验之时，他才能从幼稚、鲁莽的少年成长为一个真正的男人，而悬挂在树枝上的蜜蜂正是一幅完美的"曼荼罗"图像（mandala-figure）[39]。

从另一角度出发，我们也有充分的理由认为"胆大包天的年轻人"（iuvenis confidentissimus）影射刚愎自用的屋大

---

[39]　Owen Lee, 1996, pp.101-126，参阅 C. G. Jung,. *Psyche and Symbol*, ed. V. S. de Laszlo, Doubleday Ancher, New York, 1958。

维[40]，而悲哀伤心的歌者则代表维吉尔本人。疯狂的"热情"（furor）是人类自取灭亡的原因。在《牧歌》之八中，它使一个十二岁的男童因单相思而如痴如癫；在《埃涅阿斯纪》中，它毁灭了迪多（Dido）和图尔努斯（Turnus）；在此，它又吞噬了俄耳甫斯与欧律狄刻。作为诗人，维吉尔对人类天性中非理性的破坏倾向深有所知。倘若屋大维要完成其历史使命，他必须就此做出深刻的自省。如同阿里斯泰乌斯，屋大维也有"大罪"（magna commissa），他应该理解具有洞察力的诗人给予他的教导，像阿里斯泰乌斯从腐烂的牛尸中繁育蜜蜂那样，在战争的废墟上重建文明的大厦。

在维吉尔之前，未见有希腊或罗马作家将欧律狄刻的殒命归咎于鲁莽的追求者，也没有言及欧律狄刻在复活之际再次坠入地狱的先例。与维吉尔同时的历史学家狄奥多罗斯（Diodorus Siculus，活跃于公元前60—前30年间）讲述了俄耳甫斯成功解救欧律狄刻的故事[41]，维吉尔的后辈诗人奥维德则描写了俄耳甫斯与欧律狄刻在"福地"（arva piorum）重逢的圆满结局[42]。也就是说，将阿里斯泰乌斯与俄耳甫斯及

---

[40] 维吉尔多次以"iuvenis"（年轻人）一词指称屋大维，见《牧歌》之一及本书卷一末段（译为"年轻的王子"）。

[41] Diodorus Siculus, *Library of History (Bibliotheke historike)* IV.25.2-4, Translated by C. H. Oldfather, Loeb Classical Library Volume 303 and 304, Cambridge, MA. Harvard University Press, London, William Heinemann Ltd., 1935. https://www.theoi.com/Text/Diodorus/Library of History.html.

[42] Ovid, *Metamorphoses* XI.61-66. 参阅《变形记》汉译本，杨周翰译，人民文学出版社2008年版，第222页。

其新婚妻子的命运相联系，尤其是欧律狄刻的"二度死亡"和俄耳甫斯的无尽伤痛，乃是维吉尔的独特构思，也是他赋予古老神话的全新内容。于是，我们在阿里斯泰乌斯—俄耳甫斯的微型史诗中发现了一种交错的结构关系，即"毁灭—重生"和"毁灭—重生—毁灭"的复调织体（polyphonic texture），其中交织着希望与绝望的复杂情绪，令人为命运的无常深感迷惘，同时在幻灭的消沉中萌生出新生的期望。

在广泛的象征意义上，毁灭与重生，可以作为整部作品的全面概括。

卷终，作者以八行题记结束全诗：

> 以上，就是我献给农耕、畜牧和园艺的诗篇 / 伟大的凯撒正将战火燃向深深的幼发拉底河 / 为自愿归顺的人民颁赐胜利者的律法 / 开辟了通往天国的道路 / 此时，我，维吉留斯，由温柔的帕忒诺佩养育 / 栖隐于不为人知的闲适之境 / 藻思焕发，戏作牧歌，逞年少的轻狂 / 歌唱你，迪蒂卢斯，在山毛榉的幢幢翠盖下高卧（IV.559-566）。

当雄心勃勃的君王和统帅开疆拓土，建立强大的帝国之时，自甘寂寞的诗人正在意大利南部的偏远之地醉心于田园诗的写作。此处呈现的不仅是两种人格，也是历史进程中两种力量的对比。诗人承认并接受一代英主所缔造的政治秩序，但始终不曾丧失独立的品性、自信和价值评判的标准。

就《农事诗》浅析维吉尔的诗艺

依据古代传记作家的说法，在《农事诗》的创作过程中，维吉尔每天早晨写出若干诗句，下午加以删改，往往所剩无几[43]，总计两千余行的诗篇，用了7年时间方告完成，平均每天写作不足一行，可谓精雕细琢，具见苦心。

上文已经介绍了《农事诗》的整体结构及其发展脉络，但以下三方面的艺术特点，仍值得在此做粗浅的分析。

精致的风格

维吉尔的早期作品深受希腊化时代诗人，尤其是卡里马科斯的影响。在《牧歌》之六中，维吉尔写道："牧人要把羊儿养得膘肥体壮，但吟诗却应该轻声细语。"[44]这种追求"精致"的诗风，在《农事诗》中同样有所体现，特别是第四卷中的微型史诗，更是一个经典的范例。

欧文·李（Owen Lee）分析了阿里斯泰乌斯—俄耳甫斯微型史诗的双重结构，认为这一部分内容具有回环对称的形式，其基本架构为：

---

[43]　Donatus, *Vita*, 81-94. 参阅Fantham in Fallon, 2009, xv。
[44]　Virgil, *Bucolica* Ⅵ., 参阅拙译《牧歌》，2017年，第93页。

A 阿里斯泰乌斯失去蜂群

B 昔兰尼提出建议

C 普罗透斯被缚

C 普罗透斯被释

B 昔兰尼提出建议

A 阿里斯泰乌斯重获蜂群

表层的框架之下，内在的结构也具有前后对应的特点：

A 欧律狄刻因拒绝求爱而死于河边，哀悼，色雷斯地名（7行）

B 俄耳甫斯悲泣，下地狱（7行）

C 阴影逼近（7行）

D 地狱沉寂（7行）

E 俄耳甫斯获得又失去欧律狄刻（7行）

D 地狱的寂静被打破（7行）

C 欧律狄刻的身影消失（8行）

B 俄耳甫斯还阳，悲泣（9行）

A 俄耳甫斯因拒绝求爱而死于河边，哀悼，色雷斯地名[45]

在诗篇的其他章节，也能发现精心安排的缜密之处，

---

[45] Owen Lee, 1996, pp.118-122.

例如，作者赞助人麦凯纳斯的名字，在原诗卷一和卷四出现在第二行，在卷二和卷三出现在第四十一行。这仅仅是一个微小的细节，但也足见诗人注重前后照应、形式对称的精到用心。

生动的语言

维吉尔的诗歌语言典雅、凝练，且具有极强的感染力。限于篇幅，我们不能逐条论列《农事诗》各卷的精彩片段，在此仅举一例，借以说明诗人如何利用前人提供的素材，经过一番加笔、润色，使得客观陈述转化为诗化表达的非凡功力。

瓦罗《论农业》第二卷第二章专论绵羊的饲养和放牧，兹摘译其中一段如下：

> 夏季，天一亮就要出门放牧，因为此时草丛积满露水，比中午干燥的草叶更加美味。日出之后，人们赶着羊群去饮水，使其恢复体力，以利它们愉快地进食。正午前后，天气炎热，要把羊群赶到遮阳的岩石或伸张的大树之下歇凉，等待炎威退去。在晚风中，他们再次放牧，直至夕阳西沉[46]。

---

[46] Varro, *Rerum Rusticarum de Agri Cultura*, II. 2.10ff, hittp://www.thelatinlibrary.com/varro/rr3/html，引文据拉丁文原文翻译。参阅《论农业》汉译本，2014年，第149页。

再看维吉尔《农事诗》卷三中的一段描写：

> 当欢乐的夏日应西风的召唤将羊群送入林地和牧场，趁曙光熹微，草色苍苍，嫩芽上的露珠令羊儿倍觉香甜，让我们伴随晨星前往凉爽的空旷之地。此后，白昼的第四个时辰使人畜焦渴难耐，哀怨的蝉鸣响彻园圃，我将带领羊群到井台和池塘旁，教它们畅饮从橡木制成的水槽里涌出的流水。炎热的正午，要为它们寻找一处阴凉的溪谷，那里有朱庇特的参天巨橡，古老的树身张开粗壮的枝干；或者进入一片林地，茂密的冬青蓊郁幽暗，四周布满肃穆的阴影。最终，要再次提供饮水，再次赶它们吃草，直至夕阳西沉，寒星荧荧，空气清新，山林在湿漉漉的月影下重现生机。岸边，翠鸟鸣啭；叶底，黄雀歌唱。（Ⅲ.322-338）

比照阅读以上两段文字，不难看出后者是以前者为蓝本而做出的铺陈敷衍。瓦罗按四个时间段讲述夏季放牧的注意事项，并且说明了如此行事的理由。他的叙述简洁明了，读来却难免令人感到枯燥。维吉尔依照同样的时间顺序展开叙述，但他的描写充满乡村生活的美好记忆，具备鲜明的画面感和生动的细节。瓦罗说"人们赶着羊群去饮水"，维吉尔说"我将带领羊群到井台和池塘旁，教它们畅饮从橡木制成的水槽里涌出的流水"。瓦罗以"夕阳西沉"点出归牧的时间，维

吉尔则将此句扩展为"直至夕阳西沉，寒星荧荧，空气清新，
山林在湿漉漉的月影下重现生机。岸边，翠鸟鸣啭；叶底，
黄雀歌唱"。瓦罗始终采取第三人称的陈述方式，维吉尔则改
用第一人称，并加入了祈愿虚拟式（the jussive subjunctive）
的句型——"让我们伴随晨星前往凉爽的空旷之地"——其
意图似在邀请读者"进入"他所描绘的生活场景。

当然，上述差异正是学术著作和文学作品的本质区别之一。

优美的韵律

维吉尔采纳的"长短六步格"（dactylic hexameter）诗
体源自荷马和赫西俄德，是古希腊和古罗马最具代表性的诗
歌形式。这种诗体以"长长格"（spondee）和"长短短格"
（dactyl）为基本的节奏型，每行六音步，前四音步可自由采
用长长格或长短短格，第五音步通用长短短格，第六音步必
为长长格，通过两种节奏型的交替出现及规整的结尾形成和
谐统一而又富于变化的韵律[47]，例如：

> Līběr ět | ālmǎ Cě- | rēs, věs- | trō sī | mūněrě | tēllūs
> Chāōnǐ- | ām pīn- | guī glān- | děm mū- | tāvǐt ǎ- | rīstā,
> pōcǔlǎ- | quē ǐnvěn- | tīs Ăchě- | lōǐǎ | mīscǔǐt | ūvīs.

（I.7–9）

---

⑰ 关于维吉尔诗歌的韵律，可参阅 G. B. Nussbaum, *Vergil's Meter*, Bristol Classical Press, 2001.

利贝尔与仁慈的刻勒斯，拜二位所赐，

大地以丰穰的谷穗替换了卡昂尼的橡实，

并且在阿刻罗之水中掺入特选的葡萄汁。

　　因为汉语没有长音和短音的自然区分，这种以长短音交错为节奏特点的格律在汉语译文中无法再现[48]。此外，古典拉丁语诗歌概不押韵，但注重"类音"（assonance）重复所造成的听觉效果。维吉尔不仅深谙此道，而且善于利用特定的音素表达不同的情绪，例如：

litoraque alcyonem resonant, acalanthida dumi.
（Ⅲ.338）

岸边，翠鸟鸣啭；叶底，黄雀歌唱。

　　元音"a"的多次重复营造了明朗、欢快的情调和回音不断扩散的效果。

　　有时还包含"拟声"（onomatopoetic）的作用，如以"s"和"x"模仿流水之音：

saxosusque sonans Hypanis Mysusque Caicus（Ⅳ.370）

---

　　[48]　诚如杨周翰先生所言，无论用汉语的古体诗或现代诗翻译古典拉丁语诗歌均有失妥当，这正是本书采用散文翻译的主要原因。参阅杨周翰《维吉尔与中国诗歌的传统》，王宁译，《北京大学学报》（哲学社会科学版），1988年第5期。

以及在岩石间喧腾的绪帕尼斯、缪希亚的凯库斯……

在下面的诗句中，欧律狄刻的名字三次出现，具有无限伤感的意韵：

... Eurydicen vox ipsa et frigida lingua,

a! miseram Eurydicen anima fugiente vocabat,

Eurydicen toto referebant flumine ripae.（Ⅳ. 525–527）

……仍然以冰冷的唇舌发出空洞的声音，

尽最后的气力呼唤欧律狄刻："啊，可怜的欧律狄刻！"

漫长的河岸也在回应："欧律狄刻……"[49]

我们无法想象，当屋大维聆听维吉尔诵读《农事诗》之时，他的内心会有何等感受。但是，这位戎马倥偬的统帅能够连续四天沉醉于诗歌的欣赏，可见作品的非凡魅力，其中必定也包含美妙的韵律从朗诵者口中流出的听觉效果。

霸主与诗人的邂逅，预示了"罗马和平"（pax Romana）的来临。

---

[49] 有研究者认为一声哀怨的"啊"和重复呼唤"欧律狄刻"具有典型的"新派诗人"（neoteric poets）诗风，因此可能寄托了作者对好友伽鲁斯（Gaius Cornelius Gallus，约公元前69—前26）的怀念。Richard Thomas, *Virgil: Georgics*, Cambridge, 1988, vol. 2, p.235.

卷　一

[1]田间的禾苗缘何而欣欣向荣，在何一星座之下适宜翻土，同时令葡萄与榆树缔结良缘[1]；如何照管耕牛，饲养牲畜，还有繁育勤俭的蜜蜂必备的经验，麦凯纳斯[2]，请听我一一道来。

1　古罗马人种植葡萄多采取立架栽培的方式，除以木桩、苇秆搭建支架，也利用矮树作为藤蔓的承托物，瓦罗称后者为"pedamentum nativum"（天然支柱）。（Varro, *Rerum Rusticarum de Agri Cultura* I.8; Virgil, *Bucolica* II 69-70；）另，诗人在此采用"adiungere"（使攀附）一词，隐含"嫁娶"（uxorem adiungere）的拟人意味，英译或作"wed"（结婚），此仿其意，然不可与植物的嫁接混为一谈。参阅Owen Lee, 1996, p.51。

2　麦凯纳斯（Gaius Maecenas,?—公元前8），古罗马富商，屋大维的心腹臣僚，曾参与屋大维的重大决策并在其出国期间代理政务。麦凯纳斯也是著名的文艺赞助人，维吉尔、贺拉斯（Quintus Horatius Flaccus）、普罗佩提乌斯（Sextus Propertius）等人均受到他的关照和资助。在《农事诗》中，麦凯纳斯是维吉尔的"叙说对象"（addressee），他的名字在原诗卷一、卷四出现在第二行，在卷二、卷三出现在第四十一行。

[5]汝，皇皇昊天的大明之光啊³，导岁时之迁改，历长空以远逝。利贝尔与仁慈的刻勒斯⁴，拜二位所赐，大地以丰穰的谷穗替换了卡昂尼的橡实⁵，并且在阿刻罗之水中掺入特选的葡萄汁⁶。你们，法乌努斯及德吕娅众仙⁷，乡野之民的福星，请一同移步前来吧，我要为诸位的恩典而高唱赞歌。你，尼普顿，用巨大的三叉戟劈裂大地，令嘶鸣的骏马腾跃而出⁸；你，林莽间的拓荒者，三百头雪白的牛犊为你芟除凯

3　原文"clarissima mundi lumina"，直译即"天上最明亮的光"，指日、月。中国古籍称日、月为"大明"，与此相合，见《易·乾卦》："大明终始"及唐、宋人的诗咏，如李白《古朗月行》、文天祥《发陵州》等。

4　利贝尔（Liber），古罗马的丰稔和自由之神，在民间信仰中往往与酒神巴库斯（Bacchus）相混同。刻勒斯（Ceres），古代意大利人所崇奉的女神，本为广大自然力的代表，后被尊为农神和谷神，对应于希腊的德墨忒尔（Demeter）。

5　卡昂尼（Chaonia），伊庇鲁斯西北部地区，该地的多多纳城（Dodona）有一片橡树林，是著名的神谕所，参看注28。（Herodotus, II. 55-57; Propertius, II. 21. 3; Ovid, *Tristia* IV. 8. 43）

6　阿刻罗（Achelous），希腊西部河流，发源于品都斯山脉，南流二百余公里，汇入爱奥尼亚海。此句的意思是：因为刻勒斯的教化，种植谷物取代了采食橡实的旧习，利贝尔则授民以栽培葡萄及酿酒之法。（Varro, *Rerum Rusticarum de Agri Cultura* I. 1）

7　法乌努斯（Faunus *pl.* Fauni），罗马神话中牧人和农夫的保护神，也是为人判断吉凶的预言家。（Horace, *Carmina* III. 18）意大利人以之对应希腊的潘神（Pan），并赋予其半人半羊的形象，参看注10。法乌努斯也被视为一个族群，类似希腊的萨蒂尔（Satyrus *pl.* Satyri）。德吕娅众仙（Dryades puellae），希腊神话中的树仙，参看注199。

8　尼普顿（Neptunus），罗马神话中的海王，对应于希腊的波塞冬（Poseidon）。在与智慧女神密涅瓦（雅典娜）争夺雅典城的监护权时，尼普顿以三叉戟劈开大地，为雅典人奉献了一匹从地底腾跃而出的骏马，密涅瓦则带来了橄榄树，从而在竞争中胜出，成为雅典城名副其实的守护神，参看注14。（Apollodorus, *Bibliotheca* III. 14.1; Hygius, *Fabulae* 164）

阿岛繁茂的灌木[9]；还有你，潘[10]，羊群的守护神，远离故乡吕
凯乌斯的深林幽谷[11]，忒吉亚人啊[12]，倘若你还眷恋迈纳鲁斯
的群山[13]，务请惠然莅临。密涅瓦，橄榄树的创生者[14]，以及
发明曲辕犁的少年[15]，还有西凡努斯，肩扛连根拔起的香柏的
幼苗[16]，各位都来吧！所有的男女神祇啊，你们热忱地守望田
野，培育未曾播种而新生的果实，并且从天上降下充沛的雨

9　林莽间的拓荒者（cultor nemorum），指阿里斯泰乌斯（Aristaeus）。阿里斯
泰乌斯是阿波罗（Apollo）与仙女昔兰尼（Cyrene）所生的儿子，精通农艺，尤善
养蜂，作为果树和家畜的保护神在希腊本土及爱琴海诸岛受到广泛崇拜。（Pindar,
Pythian IX. 59-66）凯阿岛（Cea），爱琴海南部基克拉泽斯群岛中的一座岛屿，阿里
斯泰乌斯崇拜的中心之一。有关阿里斯泰乌斯与俄耳甫斯（Orpheus）夫妻的恩怨纠
葛，见本书卷四。

10　潘（Pan），希腊神话中的畜牧之神，人身羊腿，头顶有角，传说为神使赫
尔墨斯（Hermes）之子，出生于阿卡迪亚的吕凯乌斯山。（*Homeric Hymn* XIX; Virgil,
Bucolica IV. 58-59, X. 26-30）

11　吕凯乌斯（Lycaeus），今名吕凯翁山（Mt. Lykaion），希腊阿卡迪亚（Arcadia）
地区山岳，是潘神的圣地，参看前注。（Virgil, *Aeneis* VIII. 343-4; Pliny, *Natunalis
Historia* IV. 6. 10; Pausanias, *Periēgēsis Hellados* VIII. 38）

12　忒吉亚（Tegea）是阿卡迪亚的主要城市，忒吉亚人（Tegeaeus）指潘神，
参看注10。

13　迈纳鲁斯（Maenalus），今名迈纳罗山（Mt. Mainalo），位于希腊阿卡迪亚
地区中部，林木茂密，景色宜人，至今仍被视为远离尘寰的世外桃源。（Theocritus,
Idylls I. 123-124. Virgil, *Bucolica* VIII）

14　密涅瓦（Minerva），罗马神话中的智慧女神，司掌工艺和商贸，对应于希
腊的雅典娜（Athena），参看注8。

15　发明曲辕犁的少年（unci puer monstrator aratri），指俄琉辛（Eleusin）王子
特里普托勒摩斯（Triptolemos），他受德墨忒尔（刻勒斯）的启发，制成了第一架曲
辕犁并教授世人耕作技术。（Callimachus, *Hymn* VI. 20-23）

16　西凡努斯（Silvanus），罗马神话中的荒野之神，林地和畜群的守护者。西凡努
斯热恋美少年吉帕里苏斯（Cyparissus），后者因误杀了一头神鹿而痛悔不已，以致形销
骨立，最终变成了一棵柏树。（Ovid, *Metamorphorses* X. 106-142; Servius, ad loc）

水。而你，凯撒，诸神的朝会将委君以何职尚未可知，无论
巡视城邦抑或照料田地，广阔的寰宇将接纳你，以你为收成
的统管、节令的主宰，在你的额头缠绕令堂的香桃枝[17]。或许
你将成为浩瀚的海洋之神，船员们唯独尊崇阁下的权威；或
许远在天边的图勒将宾服称臣[18]，忒堤斯倾尽万顷碧波[19]，愿
招君为东床佳婿；又或者你将化为一颗新星，加入姗姗来迟
的岁月，在室女座与天蝎座之间占据显要的位置[20]（为你，威
猛的天蝎已缩回其双螯，让出了一片绰绰有余的天域）。无
论成为何等人物（所幸塔尔塔拉不欲立阁下为王[21]，如此权位
亦难令君生觊觎之心，虽然希腊人向往厄吕修姆的乐土[22]，普

17　凯撒（Caesar），指屋大维。据维吉尔《埃涅阿斯纪》的说法，尤利安家族
的远祖埃涅阿斯（Aeneas）是爱与美之神维纳斯（Venus）之子，因此该家族被认为
是神的后裔。另，香桃为维纳斯的圣树，故有"令堂的香桃枝"（materna myrtus）之
称。（Virgil, *Bucolica* Ⅶ.62; Artemidorus, *Oneirocritica* Ⅰ. 77 ）

18　图勒（Thyle，一作Thule），西方古典文献所载极北之地的岛屿，疑为冰
岛或挪威，也可能指苏格兰北方之设得兰群岛（Shetland Islands）。（Pliny, *Naturalis
Historia* Ⅱ. 187, Ⅳ. 104; Ptolemy, *Geographia* Ⅱ. 3. 14, 6.22, Ⅷ. 3,3 ）

19　忒堤斯（Tethys），希腊神话中的泰坦神（Titan）之一，乌拉诺斯（Uranus,
苍天）与盖亚（Gaia, 大地）之女，俄刻阿诺斯（Oceanus, 海洋）之妻，生育了众多
河神与三千名海洋仙女（Oceanitides）。（Hesiod, *Theogony* 337-371 ）

20　室女座（Erigone），黄道十二星座之一，在全天八十八星座中面积位列第
二。天蝎座（Scorpius），黄道十二星座之一，位于天秤座与人马座之间，是一个接
近银河中心的大星座。

21　塔尔塔拉（Tartara），希腊神话中的地狱（Hesiod, *Theogony* 116-120 ）。

22　厄吕修姆的乐土（Elysius campus），又称"福岛"（makarōn nēsoi），希腊
神话中的极乐世界。据荷马的记述，厄吕修姆（Elysium）位于大地的边缘，得到神
佑之人离开尘世后将前往该地，享受安逸的生活。这一说法与希腊人的"冥国"信
仰有所抵牾，可能源自米诺斯文明的宗教。维吉尔在《埃涅阿斯纪》中描写的冥
间"乐土"（locus laetus）似乎调和了以上两种观念。（Homer, *Odyssey* Ⅳ. 554-569;
Hesiod, *Erga kai hemerai* 167—173; Virgil, *Aeneis* Ⅵ 637ff. ）

洛塞尔皮娜也无意追随母亲回还[23]），请庇佑我一路顺风，恩准我开启大胆的征程，亦望垂怜与我同行的田舍儿郎，他们对前途茫无所知。来吧，从此刻开始，要惯于倾听祈祷者的呼唤。

［43］早春时节，当冰冷的涧水从积雪的山坡流下，腐熟的土块受西风吹拂渐次破裂，我将令牡牛为深耕的犁铧而气喘吁吁，铧刃因犁沟的磨砺而闪闪发亮。这片土地二度沐浴阳光，两次经受霜寒，终于回应了农夫的奢愿，让堆积如山的收成几欲冲破谷仓。

［50］不过，使用铁器开垦陌生的土地之前，必须留意风候和天气变化的特征，了解传统的耕作方式与土壤的性质，以及当地有何物产，又有何缺欠。此处盛产粮食，彼处葡萄丰收，另有一些地方树苗天生挺秀，草色自然青葱。君不见，特莫鲁斯供输芬芳的番红花[24]，印度进献象牙，性情温

23　普洛塞尔皮娜（Proserpina），农神刻勒斯之女，被冥王迪斯（Dis）抢掠为妻，每年春季重返人间，秋冬与其夫同居冥国。按：普洛塞尔皮娜是罗马人对冥后的称谓，对应于希腊神话中的珀耳塞福涅（Persephone）。（Ovid, *Metamorphoses* V. 385-571）

24　特莫鲁斯（Tmolus），今名博兹达格山脉（Bozdağ Mountains），位于小亚细亚西部。（Ovid, *Metamorphoses* XI. 168 ff.）番红花（crocus），学名 Crocus sativus L., 鸢尾科多年生草本植物，花柱可入膳，是古罗马人钟爱的食用香料。（Columella, *De Re Rustica* III. 8.4）

顺的萨巴人贡奉乳香[25]，赤身裸体的卡吕贝人馈赠铁器[26]，庞图斯有气味浓烈的海狸油[27]，伊庇鲁斯则有博取头彩的良马[28]？当初，丢卡利翁向空旷的世界抛掷石头，大自然就将此类法则和万世不易的规约加诸特定地域，人类，一个坚毅顽强的种族亦由此诞生[29]。勉力而为吧！从每年的春月开始[30]，教健壮的耕牛翻开沃腴的膏壤，继而令尘土飞扬的夏日以骄阳炙烤散布田间的土块。倘若土地不够肥沃，只须在大角星升起之时[31]，垦出一道浅浅的垄沟，一则阻止杂草滋蔓妨碍庄稼旺盛地生长，一则避免蓄墒不足荒废瘠薄的沙地。

25　萨巴人（Sabaeus *pl*.Sabaei），阿拉伯半岛南部的古代居民，曾建立萨巴王国，一度垄断"香料之路"的贸易。（Tibullus, II. 4）

26　卡吕贝人（Chalybes），居住在黑海沿岸及安纳托利亚高原北部的古格鲁吉亚部族，以善制铁器著称。（Virgil, *Aeneis* VIII. 421；Strabo, *Geōgraphiká* XI. 14.5）

27　庞图斯（Pontus），源于希腊语的Pontos，本意为"海"，特指黑海（Euxinus Pontus）及其周边地区。海狸油（castoreum）是海狸性腺的分泌物，曾用于治疗头疼、发热及癔病，亦可作为食物及香水的添加剂。（Pliny, *Naturaris Historia*, XXXII. 28）

28　伊庇鲁斯（Epirus），历史地区，位于品都斯山脉与爱奥尼亚海之间，今分属希腊和阿尔巴尼亚。

29　在宙斯（Zeus）发大洪水灭绝青铜时代的人类之后，仅丢卡利翁（Deucalion）及其妻皮拉（Pyrrha）得以幸存，两人奉神谕将母亲（大地）之骨（石块）抛掷身后，由此诞生了新的人类。（Ovid, *Metamorphoses* I. 313-415）

30　原文"primis extemplo a mensibus anni"，直译应作"从年初的数月开始"。按：罗马古历每年仅有十月，以三月（Martius, 战神月）为一年之始，后增加一月（Ianuarius, 门神月）、二月（Februarius, 涤罪月）为十二月。作者所云，或遵古制，联系上文之"早春时节"（vere novo），故译为"春月"。

31　大角星（Arcturus），即牧夫座α星，每年2—3月始现于北天夜空。（Hesiod, *Erga kai hemerai* 564-571）

[71] 收获之后，农田应该轮流休耕，使闲置的土地恢复活力。或者，当斗转星移，节令更换，可在田间改种金黄的二粒麦[32]，之前那里曾栽培豆类作物，有在颤抖的绿荚中欢笑的芸豆，还有巢菜的幼苗[33]、苦味的羽扇豆茬弱的细茎和飒飒作响的密叶。亚麻和燕麦会烧焦田地，耽溺于忘川之梦的罂粟也会使土壤干涸[34]；然而轮耕能令劳作变得轻松，只是不要耻于给久旱的土地浇灌粪肥，也勿忘记在地力耗竭的田间抛撒肮脏的灰烬。因为改换作物，土地得以生息，休耕的农田也必将有所回报。通常，放火烧荒，令呼啸的火焰吞噬飘零的残梗亦颇为有益。无论土地汲取隐秘的力量和丰富的养料，大火焚化有害的物质并蒸发多余的水分，抑或热气开启全新的通道和暗藏的孔窍，生命的汁液将由此抵达柔嫩的叶芽。不然就使土壤更为坚实，收束扩张的脉络，以免绵绵阴雨、灼灼烈日和凛凛北风肆虐为害。

32　原文"far"，今称斯佩尔特小麦（spelt），学名Triticum spelta，可能起源于二粒麦（emmer wheat）与山羊草（goat grass）的杂交种，自公元前2500年起在中欧已有广泛种植。

33　巢菜（vicia），即野豌豆，学名Vicia sepium L.，豆科野豌豆属草本植物，茎叶宜作饲料，亦可食用。按：巢菜古称"薇"，即首阳二老所食，后世又有大巢、小巢之分，见陆游《巢菜》诗序。

34　忘川（Lethe），希腊神话中的冥府之河，饮其水即忘却人间之事。因罂粟果具麻醉和催眠作用，故有"耽溺于忘川之梦"（Lethaeo perfusa somno）的说法。

[94] 用锄头击碎臃肿的土块，再牵耱平地³⁵，于农田大有益处，遍体金光的刻勒斯在奥林匹斯山巅绝不会视若无睹³⁶。耕地翻起的土垄，应调转犁头，纵向将其破开。要不断改良土壤，勤于支配田地。

[100] 农夫们，祈求潮湿的夏季和晴朗的冬日吧！在严冬的尘埃里，庄稼长势最欢，田野亦露笑颜。倘若天遂人愿，那么缪希亚将无由夸耀其稼穑之术³⁷，加加拉也要为自己的收成倍感惊喜³⁸。难道还需要备述农夫的艰辛？播种完毕，他连忙铲平荒瘠的沙丘，引来溪涧之水浇灌农田。当土地干涸、禾苗枯萎之际，看啊，从隆起的岭脊，急流已沿着沟洫奔涌而来。下泻的流水在光洁的岩石间鸣咽低语，以喷溅的浪花滋润焦渴的田地。难道还需要细说田间的劳作？为防止沉重的谷穗压弯茎秆，当芊芊青苗从犁沟间露头，就芟除过分繁密的植株，并利用干燥的沙土吸收沼泽郁积的湿气。尤

---

35 耱，原文"vimineas crates"（viminea cratis 的复数宾格），是一种用柳条编制的农具，状如栅栏，用以平整翻耕过的土地。同类农具在中国也曾广泛使用，俗称"耱"，一作"耢"，《齐民要术》云："耕而不耢，不如作暴"，即此之谓。

36 刻勒斯，见注4。奥林匹斯（Olympus），希腊最高峰，色萨利和马其顿的分水岭。在希腊神话中，奥林匹斯山是十二位主神居住的地方。

37 缪希亚（Mysia），古代著名的粮食产区，位于小亚细亚西北隅，濒临马尔马拉海。

38 加加拉（Gargara）是古希腊人在小亚细亚特洛亚德（Troad）地区建立的殖民城市，亦借称该城附近的加加隆山（Gargaron），即今日的柯卡·卡雅山（Mt. Koca Kaya）。

其要留意，在难以确定的月份，河川泛滥，泥淖横流，空寂的洼地必弥漫溽热的浓雾。

[118] 然而，辛勤耕耘，人畜俱疲，但顽劣的鹅、从斯特吕蒙河飞来的鹤[39]，以及苦苣之根仍将造成灾害，浓密的树荫也会妨碍庄稼生长。因为天父无意使农耕之路平顺易行，他设法砥砺凡人的心智，首先以农艺唤醒大地，并禁止他统治的王国沉迷于慵困的倦意。在朱庇特的时代之前[40]，尚无定居之民占有土地，以界碑或阡陌划分田畴亦非正当。人们为共同的利益殷勤探取，而无须求索，大地就会慷慨地供应所有的物品。正是朱庇特赋予阴险的虺蛇以致命的毒液，教豺狼四处劫掠，令海洋波涛汹涌；他还使蜜露从叶尖洒落，爝火潜匿，溪水中浮泛的甘醴就此断绝。经验的积累逐步铸就了诸般技艺。在犁沟间发现谷物的幼苗，从燧石的石脉内敲击出蕴藏的火花。于是，河流初次承载起中空的桤木之舟，船员们查清了群星的数目并为之一一命名：七仙女星、五姊

39　斯特吕蒙河（Strymon），一名斯特鲁马河（Struma River），发源于今保加利亚境内，流经希腊东北部入爱琴海。据说栖息于斯特吕蒙河畔的鹤冬季会迁徙至南方。（Lucan Ⅲ. 199）

40　朱庇特（Iuppiter），罗马宗教的主神，地位相当于希腊的宙斯（Zeus）。在希腊神话中，宙斯为泰坦神克罗诺斯（Cronus）与莱亚（Rhea）之子，后推翻其父统治，成为世界的主宰。罗马人以意大利本土的神祇萨图（Saturnus）对应克洛诺斯，所谓“朱庇特的时代之前”（ante Iovem），即萨图在位的时代，也是古人心目中世风淳良的“黄金时代”。（Hesiod, *Erga kai hemerai* 109—120）

妹星以及光华四射的大熊星座[41]。继而发明了凿阱捕兽、投饵诱鸟的妙法，并驱使群犬进入林地围猎。有人在巨川广泽中打鱼，有人往汪洋大海里撒网。然后有了刚硬的铁器、吱吱作响的锯条（初民用石楔劈柴），诸般技艺亦日趋完备。不懈的劳作克服万难，困苦的生活促生需求。

［147］刻勒斯率先教导凡人用铁器开垦土地[42]，因为圣林中的橡实和杨梅少得可怜，多多纳已不肯供给果腹的食物[43]。不久，灾难悄然降临田间，只见秽恶的霉菌在麦秆上滋长，散漫的大蓟也入侵陇亩。庄稼枯萎，榛莽丛生，稂子、蒺藜，象兆凶年的稗秕和秀而不实的燕麦霸占了肥美的耕地。除非反复不断地薅锄杂草，高声吆喝驱散鸟雀，用镰刀刈除遮蔽田畴的树荫并殷殷祷告以求天降雨露，唉，你就只能无奈地观望他人的收成堆积如山，随后到林间撼动橡树聊慰饥肠。

41　七仙女星（Pleiades）即昴星团，五姊妹星（Hyades）即毕星团，均为位于金牛座的疏散星团。据希腊神话，"七仙女"和"五姊妹"都是擎天神阿特拉斯（Atlas）的女儿，被大神宙斯变成了天上的星宿。七仙女星于初夏升起，正值古人出海远航的季节，其名Pleiades源于希腊语的pleo，意为"我航行"。五姊妹星于每年四月和十月的雨季出现，其名Hyades出自希腊语的hyein，意为"降雨"。（Aratus, *Phaenomena* 253-267）大熊星座（Arctos），北天星座之一，在小熊座、小狮座附近，与仙后座相对。大熊座拥有全天最显著的星象，即北斗七星。

42　刻勒斯，见注4。

43　多多纳，见注5。食物（victus），指橡实和野果，参看注6。

[160] 在此，还须说说健壮的农夫所需的利器⁴⁴，缺少此类装备，既无法种植也不能培育作物。首先是铁铧和曲辕犁结实的木架、俄琉辛之母缓缓行驶的车辆⁴⁵、钉耙和木橇⁴⁶，以及笨重的锄头；其次则有用柳条编制的零碎物件、糖⁴⁷、伊阿库斯奇妙的扇子⁴⁸。若欲葆有神圣乡土应有的荣光，就必须及早备齐并储存全套农具。当初，林间的榆树被神力弯曲为拱梁，成就了曲辕犁的形状。底部为犁床⁴⁹，长八尺⁵⁰，有两扇犁耳⁵¹；上部配有双拱的曲辕⁵²。事先砍伐轻质的椴木造为犁轭⁵³，用高大的山毛榉制成犁稍⁵⁴，借以从后方推

44　"利器"，原文"arma"，直译即"武器"。与瓦罗惯用的"instrumenta"（工具）一词不同，维吉尔的用语被认为具有"军事隐喻"（military metaphor）的特点。参阅 Owen Lee, 1996, p.57。

45　俄琉辛（Eleusin）是希腊阿提卡（Attica）地区古城，因该地盛行祀奉农神德墨忒尔（Demeter）的秘仪，故称德墨忒尔为"俄琉辛之母"（Eleusina mater）。

46　钉耙（tribulum），谷物脱粒用的农具，以木为架，装有铁齿，因无恰切译名，权译如此。

47　糖，见注35。

48　伊阿库斯（Iacchus），俄琉辛秘仪所祀神祇之一，一说为德墨忒尔或珀耳塞福涅之子，一说即酒神巴库斯（Bacchus 与 Iacchus 读音相近）。扇子用以分离谷粒和谷糠。

49　犁床（temo），安装在耕犁下部的整木，与地面平行，用以固定犁辕和犁稍。

50　原文"pedes octo"，直译应作"八步"。

51　犁耳（aures），犁床两侧的挡板，可推开泥土，加大犁沟的宽度。

52　曲辕（dentalia），连接犁轭与犁稍的木制构件，呈拱形，具有传导引力驱动耕犁前行的作用。

53　犁轭（iugum），又名犁楇，套在牛颈上的曲木，用以牵引犁具。

54　犁稍（stiva），犁的手柄，由耕者执之以掌控方向及犁铧入土的深浅。

动安装在下端的转轮前行[55]。所有的木料都要悬挂在炉灶前以烟火烘干。

[176] 我能为阁下面陈诸多古训,若尊驾未遑他顾,愿意了解此类细琐的知识。首先,打谷场应以巨大的石碾轧平,用双手修整并铺敷黏稠的白垩使之坚固,否则就会长草,或干燥龟裂而化为粉尘。此时各类害虫必恣意张狂,小鼠通常会在地下安家并囤积粮食,双目失明的鼹鼠也要来此造窝;在洞穴内会发现蟾蜍,以及土壤所生的形形色色之精怪。象鼻虫会糟践大堆的谷物[56],而蚂蚁则忧惧晚年的贫困无助。

[187] 再来看吧,林间的胡桃树披一袭华丽的锦衣,垂下芳馨的花枝。倘若果实长势极旺,庄稼亦必随之茁壮成长。丰收与盛暑同至。然而,如果树叶繁茂,浓荫密布,那就只能徒劳地在晒谷场上碾压糠秕纷飞的麦秸。确实,我曾见过农夫们事先处置,用炭酸水或黑色的油渣浸泡种子,指望膨胀的荚壳包孕硕大的籽实,即便以微火加热亦可立时变得柔软。我还见过昔日采集的种子,虽经严格筛选,仍难免

---

55 古罗马人改进了埃及的犁具,在犁稍之下附加一对"犁轮"(currus),以便从后方施力,推动耕犁前行。

56 象鼻虫(curculio),学名Elaeidobius kamerunicus,鞘翅目昆虫,因口吻形似象鼻而得名。

退化，除非花费人力，每年都能亲手拣出颗粒最大的良种。遵循命运的法则，万物必然趋于没落并迅速衰败，犹如逆水行舟，虽竭尽全力挥桨，但双臂偶一松懈，迎面扑来的激浪就会裹挟小船顺流而下。

[204] 此外，我们还应该关注大角星、御夫座双星之升沉及明亮的天龙座[57]，一如归乡的游子观星象而渡越风涛浩荡的沧溟，冒险进入庞图斯或阿比杜斯盛产牡蛎的海峡[58]。天钩以昼夜平分时日[59]，故尘寰半为光明，半为黑暗。世人啊，驾起耕牛，在田间播种大麦吧，直至严冬的冷雨潇潇落下。这也是种植亚麻和罂粟的大好时光，趁土地干燥，云朵高悬，赶紧弯腰扶犁，辛勤耕作吧。春天来临，正可种豆。土质腐熟的垄沟适宜苜蓿生长，黍稷也需要一年一度的照料。如今白牛当空，金角熠熠，催促岁华更新[60]，而大犬座则在对面的

57　大角星，见注31。御夫座双星（Haedi），指御夫座ζ星和御夫座η星，汉名柱二、柱三。在希腊神话中，御夫座α星被视为一只母羊，此二星则被看作母羊所生的一对羊羔。天龙座（Anguis），北天星座之一，位于北冕座以北，是全天第八大星座。

58　庞图斯，见注27。阿比杜斯（Abydus），小亚细亚古代城市，地处达达尼尔海峡东岸的纳拉·伯努（Nara Burnu）海角。

59　天钩，原文"libra"（平衡），Fairclough英译为"the Balance"，C. Day Lowis英译为"the Scale"，皆谓均平事物的自然之力。译文借用庄子语，见《齐物论》："是以圣人和之以是非而休乎天钧"。

60　白牛（candidus taurus），指黄道十二星座之一的金牛座（Taurus）。

明星前退避三舍[61]。若足下躬耕陇亩为的是小麦和坚硬的二粒麦获得丰收[62]，并以种植谷物为唯一要务，那么，必须等待阿特拉斯的女儿们在破晓时分隐没[63]，璀璨王冠上的克诺索斯之星消逝[64]，才能在犁沟间播撒麦种，切勿将年岁的希望急切地托付给心有不甘的田地。许多人在迈亚沉没之前便开始播种[65]，但期盼的收成却以无穗的麦秸嘲弄了他们。如果你种植巢菜或寻常可见的芸豆，并且不厌照料佩鲁修姆的小扁豆[66]，行将坠落的牧夫座就会给你发出明确的信号[67]。着手在田间播种吧，一直忙碌至霜期过半。

[231] 通过苍穹的十二星座，金色的太阳主宰着划分为

---

61 大犬座（Canis），南天星座之一，其中的天狼星是全天最亮的恒星，也是冬季大三角的一个定点。

62 二粒麦，见注32。

63 擎天神阿特拉斯的女儿们（Atlantides）被宙斯变成了星辰，即前文述及的"七仙女星"。参看注41。依据赫西俄德的说法，"七仙女"在天空出现（5月）表示收获的季节来临，而她们的离去（11月）则告诉人们到了播种的时令。（Hesiod, *Erga kai hemerai* 383-384）

64 "璀璨王冠"（ardens corona）指北冕座（Corona Borealis），座内的七颗小星构成了一个美丽的华冠，传说为酒神赠送米诺斯公主阿里阿德涅（Ariadne）的礼物。克诺索斯（Cnosus），米诺斯王国都城，在今日希腊克里特大区首府伊拉克里翁（Heraklion）附近。（Aratus, *Phaenomena* 71-73）

65 迈亚（Maia），阿特拉斯的七个女儿之一，此谓昴宿四（20 Tauri）。参看注41、注63。

66 佩鲁修姆（Pelusium），埃及古城，位于尼罗河三角洲东端，曾为罗马帝国埃及行省首府。

67 牧夫座（Bootes），北天星座之一，位于室女座的东北方，每年春季升起，秋季沉没，是古人安排农事活动的重要参照。

固定区间的黄道[68]。天空由五部分构成[69]，其中之一始终被灿烂的日光照耀得通红，长年受熊熊烈焰的炙烤；围绕其四周，幽暗的边缘向左右两方延伸，坚冰凝积，黑雨逞狂；中心与外围之间，为神灵赐予泯泯群黎的两个区域，一条通道切断二者，众星的队列从其间斜行而过。正如世界向斯基泰及离风山的绝顶陡然升起[70]，其缓坡迤逦下降至利比亚的南方[71]。一极永远在我们头上，一极则在我们脚下，隐隐显现漆黑的冥河和深邃的阴间。此方，宏壮的天龙座蜿蜒屈曲[72]，似一道川流，环绕并穿越大熊座与小熊座之间[73]，而大熊座和小熊座则唯恐沉浸于汪洋之中。彼方，据世人所言，或长夜漫漫终古阒寂，夜幕之下阴翳越发浓重；或晨光由此返转，会为下界

---

68 原文"orbem"（orbis 的宾格），本意"圆环"，在此特指"黄道"（zodiacus），即太阳在天球上周年视运动的轨迹。古人将黄道面分为十二等份，各以一个星座为代表，称黄道十二宫，所谓"固定的区间"（certae partes），即此之谓。

69 天空的"五部分"（quinque zonae）对应于地球上的五个气候带，即冰雪覆盖的两极、酷热难耐的赤道和气候宜人的温带。在此，维吉尔借鉴了亚历山大里亚地理学家埃拉托色尼（Eratosthenes，公元前275—前193）的学说。参阅 Fantham in Fallon, 2009, p.96, n.233。

70 斯基泰（Scythia），历史地区，包括喀尔巴阡山脉和顿河之间的广袤区域，曾为斯基泰人游牧和徙居的范围。（Herodotus, Ⅳ. 1-144; Virgil, *Bucolica* Ⅰ. 65）离风山（Riphaei），传说为欧亚大陆北部的山脉，但其地理位置迄无定说。（Propertius, Ⅰ. 6.3）另，该词亦泛指极北之地，为示区别，下文音译为"里法厄"。

71 利比亚（Libya），古希腊人和古罗马人对非洲大陆或他们所了解的非洲部分地区之称谓。

72 天龙座，见注57。

73 大熊座与小熊座，原文"duas arctos"，直译应作"双熊星座"。大熊座，见注41。小熊座，距离北天极最近的星座，其中的勾陈一即目前所见的北极星。

送去光明的白昼，当旭日伴随喘息的骏马照临我们的家园[74]，赪红的黄昏星恰恰闪耀在彼方的夜空[75]。因此，虽说天有不测风云，我们仍可预知气候的变化，从而确定播种的节令和收获的日期，以及何时可以舟楫惊扰翻覆无常的大海，派遣装备齐全的船队启程远航，或者不失时机地砍伐林间的青松。

[257] 观测星辰的升沉和四时的推移绝非徒劳。若霏霏寒雨将农夫困在家中，他可以为天气转晴后的当务之急做诸多准备。耕者可锤锻钝铧之坚刃，剜木为槽，为羊群做记号，或标明囤粮之存量。另有人削尖木桩和双股叉[76]，用阿美利亚的柳条拧成捆扎葡萄藤的绳索[77]，同时可取树莓的细枝编织篮筐，或者点火烤干麦粒，在石板上将其碾碎。即便在神圣的节日，天理与法规也允许人们从事特定的工作。没有禁忌阻止我们引水浇地，在田边设置护栏，投饵捕鸟，放火烧荒，或者将低鸣的羊群赶入有益身心的河水里。隔三差五，脚夫驱策一匹塞驴，驮运橄榄油或廉价的水果；当他从城里归乡时，则带回錾有磨齿的石磨和大块乌黑的沥青。

74　在希腊神话中，日神赫利俄斯（Helios）的乘辇由四匹骏马驾驶，每天从东向西驰过天穹。

75　黄昏星（vesper），指金星（Venus），太阳系九大行星之一。金星晨昏两度出现于天空，中国古称启明、长庚，拉丁语分别谓之为 lucifer（由 lux 和 fer 构成，意为"光明的承载者"）和 vesper（源于希腊语的 hesperos，意为"傍晚"）。

76　用作支撑葡萄藤的支架，参看注 1。

77　阿美利亚（Ameria），意大利翁布里亚（Umbria）地区城镇。

[276]月神亲自将不同的日子区分为不同的等级以判定行事之吉凶。请规避第五日，那是面色惨白的冥王与复仇女神的生辰[78]。同时，经过罪孽的诞育，地母造就了科俄斯、伊阿珀托斯和残暴的堤丰[79]；还有矢志颠覆天庭的兄弟[80]，他们鼓足力气，三次将奥萨山推上佩里翁山，又将草木葱茏的奥林匹斯滚上奥萨的山顶[81]，但天父三次以霹雳电火击垮了他们堆叠的山岩。中旬的第七天是种植葡萄的吉日，也适宜调教就范的犍牛，或者将经线固定在织机上。第九天利于逃亡，不利于盗窃。

78　冥王（Horcus，一作Orcus），罗马神话中的地狱之神，往往与迪斯（Dis）混为一人，亦作为死亡或阴间的代称。复仇女神，原文"Eumenides"，本意"仁慈者"，是弗利厄（Furiae）的别名。依据赫西俄德的说法，复仇女神由克洛诺斯阉割其父乌拉诺斯时溅出的鲜血化生而成。（Hesiod, *Theogony* 173-185）一般认为复仇女神共有三人，即阿勒克图（Allecto）、墨纪拉（Megaera）、提西福涅（Tisiphone），专司惩罚谋杀者、做伪证者和触犯神圣律法的狂悖之徒。

79　科俄斯（Coeus）和伊阿珀托斯（Iapetus）都是泰坦族的成员，乌拉诺斯与盖亚的儿子，前者为莱托（Leto）之父，后者为普罗米修斯（Prometheus）和阿特拉斯（Atlas）之父。堤丰（Typhoeus），塔尔塔鲁斯（Tartarus）与其母盖亚所生之子，百首蛇妖，目中冒火，声如奔雷。宙斯以电火击败他，同时也使西西里岛的埃特纳山（Aetna）陷入烈焰之中。（Hesiod, *Theogony* 134-139, 820-869）

80　矢志颠覆天庭的兄弟（coniuratos caelum rescindere fratres），指巨人奥图斯（Otus）和俄腓阿忒斯（Ephialtes），他们妄想将佩里翁山、奥萨山和奥林匹斯山层层相叠，以便由此登上天庭，但其野心被朱庇特（在荷马史诗中为阿波罗）挫败。（Homer, *Odyssey* XI. 305-320）另，有学者认为维吉尔将荷马史诗中居于底层的奥林匹斯山置于顶层，从而赋予了这一神话故事以全新的意义，即前者的目的在于"埋葬诸神"，后者的企图在于"取代诸神"。参阅 Owen Lee, 1996. p. 30。

81　奥萨山（Ossa）和佩利翁山（Pelion）均为希腊色萨利（Thessaly）地区山岳。奥林匹斯，见注36。

[287] 在寒意袭人的夜晚或朝露未晞的清晨，许多事情会更加方便易行。夜间适宜芟除麦茬，收割干草，因为潮润的夜气无所不在。还有人在冬日的炉火旁久坐至深夜，用锐利的铁刀削制火把。他的妻子吟唱小曲慰勉长久的劳作，同时将轧轧作响的梭子抛过织机，或者在炉火上熬煮尚未发酵的甜葡萄汁，用绿叶撇去喧腾的铜镬溢出的浮沫。当然，金色的谷物应该在酷热的正午收割，趁正午的酷热在打谷场上碾轧晒干的麦穗。脱去衣衫耕地吧，赤裸身体播种吧，冬天才是农夫们偷闲的季节。在寒冷的日子里，他们可以尽情享用自己的收获，欢聚一堂举办盛宴。愉悦的冬日发出召唤，令人消除心头的顾虑，犹如满载货物的商船抵达港口，兴高采烈的船员在船尾挂满花环。此时也是采撷橡实、桂子和橄榄，以及嫣红的香桃的节令。当积雪深厚、河水漂流冰澌之际，还可张网捕鹤，凿阱捉狍，追猎长耳的野兔，或者挥舞巴利阿里的投石器攻击母鹿[82]。

[311] 我为何歌唱秋日的暴雨和星辰？当白昼变短，暑气减退，或者，在春霖沛降，抽穗的庄稼挺立田间，灌浆的籽粒日渐饱满之时，人们需要注意何种现象？我多次看见，庄主带领刈禾人进入金色的田野，刚刚动手割断大麦脆弱的茎秆，八面来风骤然相遇，一番鏖战之间，将沉甸甸的麦子

82　巴利阿里（Baleares），地中海西部群岛，今属西班牙，据说当地人善于使用投石器。

连根拔起，远远地抛向空中。大风裹挟轻扬的麦秸和飘荡的残梗，在昏暗的旋涡里飞舞。天际往往会出现巨大的水柱，聚集的云团在高空卷起黑雨的狂潮，崇峻的穹窿瞬时崩塌。暴雨冲毁了茂盛的庄稼，湮灭了耕牛的劳绩。沟洫盈满，河川遽涨，急流在深陷的河床中狂呼怒吼，沸腾的峡湾内波涛汹涌。在风云激荡的暗夜里，天父挥舞闪光的手臂，掷下霹雳雷霆。受此重击，大地战栗不已，野兽四散逃命，世间的凡人内心充满恐惧。天父以辉煌的电火摧垮了阿陀斯、罗多彼或克劳尼亚的巍巍群山[83]。风势愈烈，雨脚如麻，怪雨盲风之中，丛林悲泣，海岸哀号。

[335] 如果对天威震怒心怀忧惧，就应该关注月份的更替和夜空的星象，认清萨图的寒星自甘退居何方[84]，吉伦涅的火球迷失于天穹的何一轨道[85]。首先要敬神。残冬已尽，阳春初临，在喜庆的绿茵上举行祭典，向刻勒斯奉献岁时的供品[86]。于是羊羔肥壮，旨酒芳醇；于是睡梦香甜，山林郁苍。鼓励乡亲们膜拜刻勒斯吧，用琼酪与甘醴为神灵浸泡蜂房，

83　阿陀斯（Athos），希腊哈尔基季基半岛南端的山岭。罗多彼（Rhodope），色雷斯地区山脉，位于今保加利亚西南部。克劳尼亚（Ceraunia），伊庇鲁斯地区山脉，纵贯今阿尔巴尼亚西部，隔亚得里亚海与意大利相望。

84　萨图（Saturnus），古代意大利人所奉神祇，起源不明，地位相当于希腊的克洛诺斯。萨图的寒星（frigida Saturni stella），指土星。参看注40。

85　吉伦涅的火球（ignis Cyllenius），指水星，因水星以神使墨丘利（Mercurius）的名字命名，而墨丘利出生于阿卡迪亚的吉伦涅山（Cyllene），故有此称。

86　刻勒斯，见注4。专祀刻勒斯的典礼称"Cerealia"，于4月19日举行。

并且引领吉祥的牺牲三次环绕青青麦田[87]。全体献祭者喜气洋洋，相随而来，高声呼唤刻勒斯光临他们的屋舍。在佩戴橡枝的花冠向刻勒斯致敬之前，切勿取镰刀加诸成熟的庄稼，即兴起舞，尽情歌唱吧！

[351] 我们能够从明确的迹象得知酷热、阴雨，以及风寒来袭的消息，因为天父亲自规定了晦朔之间月相发出的警告：何种光景预示南风停歇，经常见到何种情形应该让牲畜不要远离圈舍。每逢烈风骤起，海峡随之开始涌动，高山之巅瑟瑟有声，岸边混杂悠远的回响，木叶的絮语也变得清晰嘹亮。此刻，波涛已不耐负载弯弯的小船。迅捷的潜鸟从大海深处飞回，朝涯岸聒噪不已；海鸥在陆地上嬉戏，而苍鹭则舍弃芦荡中的窝巢，翱翔于高高的云端。起风之前，往往会看到星辰从天上陨落，划出漫长的火之轨迹，骍然照亮黑暗的夜空；轻扬的秕糠和纷坠的枯叶四处飘零，羽毛浮泛于水面，聚散回环，联翩起舞。然而，当严酷的北方闪烁亮光，东风与西风的家园传来殷殷雷鸣，泛滥的河渠将淹没无边的田野，海上的船员也会收起湿淋淋的樯帆。暴雨成灾必有先兆。雨意初现，高飞的野鹤已遁入幽邃的谷壑[88]；牛犊仰

---

87 在每年5月例行的"巡田"（Ambarvalia）仪式上，农夫们要引领牛、猪、羊绕行田地三周，并以此"三牲"（suovetaurilia）为刻勒斯献祭。（Cato, *De Agri Cultura* 141; Virgil, *Bucoica* V. 75）

88 亚里士多德说：鹤飞向高空以观察地形，一旦发现风雨将至，则敛翼而下寻找藏身之所。（Aristotel, *Historia Animalium* IX.10）参阅T. F. Royds, 1918, pp.35-36。

望天空，张大鼻孔吸气；叽叽喳喳的燕子环绕池塘盘旋，而青蛙则在泥淖中吟诵哀怨的老调。蚂蚁会将蚁卵搬出深穴，更为频繁地行走在狭窄的路径上。巨大的虹霓俯身汲水。渡鸦结队成群，鼓翼喧哗，飞离它们栖息的草丛。你还会看到各类海鸟，以及在亚细亚草原周边和凯斯特河畔温馨的沼泽里觅食的飞禽[89]，竞相振翅泼洒水花，时而俯首入水，时而逐浪飞奔，无端地陶醉于沐浴的狂欢。邪恶的乌鸦放声求雨，在干燥的沙滩上独自踱步。夜晚，辛勤的纺纱女也不会对风云变幻毫无察觉，当她们发现灯油在火苗下噼啪作响，灯芯上凝结霉斑的时候。

[393] 风雨乍停，你就能想见高悬的红日和澄明的蓝天，凭借显著的迹象预知天气的变化。此时星芒不复暗昧，初升的明月亦非辉映其兄弟的光华[90]，更无轻絮般的纤云暗度碧空。海中仙女宠爱的翠鸟还不会张开翅膀在沙滩上拥抱和煦的阳光[91]，肮脏的猪也不想用它们的长嘴搅乱成捆的干草。

89　凯斯特河（Caystrus），今名库苏克·门德雷斯河（Küçük Menderes River），小亚细亚西部河流，发源于安纳托利亚高原，在以弗所（Ephesus）附近汇入爱琴海。

90　依据赫西俄德的说法，月神塞勒涅（Selene）为泰坦神许珀里翁（Hyperion）和忒亚（Theia）之女，日神赫利俄斯、黎明之神厄俄斯（Eos）的姊妹。（Hesiod, *Theogony* 371-374）

91　色萨利国王刻宇克斯（Ceyx）和王后阿尔库俄涅（Alcyone）因狂妄自大而遭天谴，溺亡后变成了一对翠鸟。（Ovid, *Metamophoses* XI. 410-748）又，每年冬季翠鸟孵卵期间，海上波澜不兴，故称其为海中仙女之"宠爱"（dilectae），英语所谓"halcyon days"（太平时日）亦源出于此。

暮霭沉沉，笼罩原野。一只枭，在高冈之上遥望欲坠的残阳，枉自咏唱无聊的夜曲。蓦然，尼索斯现身于晴朗的天空，而斯奇拉则因窃取一绺紫发而遭受追罚[92]。她用双翼划破轻柔的空气，仓皇逃离，但无论逃往何处，看啊，尼索斯必紧随而来，仇恨、狂暴，厉声长啸，飞过天空。尼索斯直冲云霄，斯奇拉仓皇逃离，用双翼划破轻柔的空气。此刻，渡鸦捏着嗓子，呖呖鸣啭三四声。它们经常蜷伏巢内，因过度喜悦而兴奋莫名，在绿叶间交头接耳。如今雨雾天晴，渡鸦欢快地飞回温馨的窝巢，看顾它们的幼雏。当然，我并不认为鸟兽有神圣的智慧或天赋的洞悉物理之先见；恰恰是天气和空中飘浮的水分发生了变化，上天送来潮润的西南风，故能变稀薄为稠密，亦可化稠密为稀薄。不同于风起云涌之际，它们的心绪也随之改变，胸中荡起全新的激情。所以，鸟雀在田间合唱，牛群欢悦，渡鸦狂喜地啼鸣。

［424］如果留意白驹过隙的日光和盈亏有序的月相，明天的时光绝不会辜负你，晴朗的夜晚也不会诱你落入陷阱。当新月聚敛起回归的光焰，倘若朦胧的月牙环抱晦暗的雾气，农夫和船员就会迎来一场大雨；假定月魄泛起少女脸颊

92　墨伽拉国王尼索斯（Nisus）与克里特王米诺斯（Minors）交战，其女斯奇拉（Scylla）因恋慕米诺斯的英俊风姿，遂将尼索斯具有神秘力量的一绺紫发割下献给米诺斯，但她的爱情表白却遭到米诺斯的唾弃。斯奇拉在绝望中变成了一只海鸟，其父尼索斯则化身为金鹰，以喙、爪攻击海鸟发泄愤恨。（Ovid, *Metamorphoses* Ⅷ. 1–151; pseudo-Virgilian epyllion *Ciris*）

般的红晕，必定会起风，而风起之时，金色的菲比亦必容色
頵然[93]。每逢月亮第四次升起（这是最为可靠的信号），皎皎
一弯，横渡长空，那么整整一天，以及此后直至月末的每
一日，都将无雨无风。平安归来的船员登上海岸，向格劳库
斯、帕诺佩亚和伊诺之子梅利凯塔虔诚还愿[94]。同样，太阳
升起或沉入波涛，也会向世人发出警告，无论曙光熹微或晚
星照临，都有确切的征兆与之相伴。如果初升的旭日变幻日
斑，隐身于云中而合拢其光芒，必须提防骤降暴雨，因为南
风从大海上呼啸而来，会给树木、庄稼和牲畜造成危害。天
色甫明，四射的光线便刺破浓厚的云层，或者苍白的奥罗拉
从提托诺斯金黄的床榻上起身[95]，啊，柔嫩的绿叶只能给成熟
的葡萄少许庇荫，猖狂的冰雹将在屋顶砰砰地跳跃。记住这
一点尤其有益：太阳巡游天庭，最终踌躇欲去之时，他的面
庞往往会浮现多变的光彩。苍青色预告大雨降临，火红色表

93　菲比（Phoebe，意为"光明者"），希腊神话中的泰坦神之一，乌拉诺斯与
盖亚之女，与科俄斯结合生莱托，莱托生阿波罗和阿耳忒弥斯（Artemis），故菲比乃
是阿波罗和阿耳忒弥斯之祖母。在晚期神话中，她的名字往往作为月神塞勒涅的代
称。参看注79、注90。

94　格劳库斯（Glaucus）本为维奥蒂亚的一名渔夫，因误食了一种可使死鱼复
活的仙草而获得永生，变成了海里的神祇。帕诺佩亚（Panopea），海洋仙女，海神
涅柔斯（Nereus）的众多女儿之一。伊诺（Ino），忒拜国王阿塔玛斯（Athamas）之
妻，受天后朱诺（Iuno）迫害而发狂，携其子梅利凯塔（Melicerta）蹈海，母子二人
皆成为海神。（Ovid, *Metamorphoses* XIII. 898–968, IV. 416–562., *Fasti* VI. 499）

95　奥罗拉（Aurora），罗马神话中的黎明女神，对应于希腊的厄俄斯，参看
注90。提托诺斯（Tithonus），特洛伊国王拉俄墨冬（Laomedon）之子，奥罗拉的爱
人，因女神的祈愿，他获得了永恒的生命，但却无法留驻青春，最终变成了一只蝉。
（Propertius, II. 18.7, Ovid, *Amores* I. 13）

示东风将至；但见日斑与灼灼烈焰开始融合，你将看到风云激荡，天地汹洞。在这样的夜晚，请勿怂恿我渡越大海，或者在陆地上解开船只的缆绳。太阳引领白天归来或终结重返的永昼，若日轮熠熠生辉，则不必忧虑阴云密布，却会看到林木在清冷的北风中袅袅摇曳。总之，迟暮时分的动静、风吹云散的去向，以及潮润的南风的心思，太阳都会发送相关的消息。谁敢说太阳会失信于人？当密谋的暴动逼近，叛变和战乱的隐患聚集力量之际，唯有太阳会给我们警示。因为凯撒的罹难，他垂怜罗马，俊朗的容颜蒙上了黯淡的阴影[96]。不忠不义的时代[97]，忧惧无尽的长夜。此刻，大地和海洋，以及病犬、怪鸟，全都示现凶兆。我们亲眼目睹，埃特纳的炉膛时时爆裂，火球与岩浆飞溅，烈焰淹没了吉克罗普的土地[98]。剑戟的铮鸣响彻日耳曼的天空[99]，阿尔卑斯在剧烈的震

96　公元前44年，尤里乌斯·凯撒（Gaius Julius Caesar）遇刺后，曾出现日食及其他灾异之象。（Plutarch, *Caesar* LXIX. 3.4）

97　"不忠不义"，原文"impia"，该词包含三重含义，即对神灵不敬，对父母不孝，对国家不忠，汉语中似无一完全对应之词，故权译如此。按"忠"在中国传统社会中多被解释为对君主的忠诚，但《说文》曰："忠，敬也。"马融《忠经》也要求明君应"昭事上帝"，因此我们不妨对"忠"予以更为宽泛的理解。另，在不同的语境中，下文亦将该词译为"背信弃义的（战神）"或"不信神的（部落）"。

98　埃特纳（Aetna）是欧洲海拔最高、喷发最频繁的活火山，位于西西里岛东海岸。吉克罗普（Cyclops *pl.* Cyclopes）是希腊神话中的独眼巨人，传说为西西里岛最早的居民。（Thucydides, VI. 2; Theocritus, *Idylls* XI）

99　日耳曼（Germania），一译日耳曼尼亚，历史地区，大致对应于今日的德国，向西延伸至法国东北部和低地诸国。古罗马人将该地区分为两部分，大日耳曼尼亚（Magna Germania）包括莱茵河以东的广大区域，是日耳曼人、凯尔特人和斯拉夫人的居住地；小日耳曼尼亚（Minor Germania）则指莱茵河以西、多瑙河以南为罗马帝国所征服的地区。

荡中战栗。透过寂静的圣林，一个洪大的声音人人可闻。黝黯的夜色中，苍白的魅影纷纷出没。畜兽作人语，令听者丧胆！河川凝滞，大地开裂。庙宇里的象牙雕刻悲伤哭泣，祭坛上的青铜神像汗流涔涔。百川之王埃里达努斯以狂暴的涡流席卷了森林和田野，将牲畜及其圈舍统统裹挟而去[100]。同时，献祭的胙肉显露不祥的纹脉，水井汩汩地喷涌鲜血，宏伟的城市彻夜回响凄厉的狼嚎。无云的天空不曾如此密集地响雷闪电，凶险的彗星也未这般频繁地放射光明。因此，腓力比再次见证了罗马人同室操戈，自相残杀[101]；上界的神灵坦然面对厄马替阿和海穆斯的广阔原野二度被我们的鲜血所浇灌[102]。有朝一日，在这片土地上耕作的农夫定然会发现锈迹斑斑的标枪，无意间用笨重的锄头撞响头盔的空壳，或者对墓穴中挖出的硕大骸骨惊骇不已。

［498］祖国的众神，民族的英灵，罗慕路斯和我们的母

100　埃里达努斯（Eridanus），即波河（Po River），意大利第一大河，发源于意、法两国边界的科蒂安山脉（Cottian Alps），注入亚得里亚海，全长652公里。(Pliny, *Naturalis Historia* Ⅲ. 117)

101　公元前42年，马其顿的腓力比（Philippi）曾发生两次罗马人的内战。10月27日，布鲁图斯（Brutus）攻破屋大维军侧翼，但其盟友卡西乌斯（Cassius）则受挫于马克·安东尼（Marcus Antony）并因此殒命。11月16日，屋大维和安东尼的联军最终战胜布鲁图斯，迫使后者自杀。

102　厄玛替阿（Emathia），马其顿王国的中心区域，亦称马其顿尼亚（Macedonia）。海穆斯（Haemus），今名巴尔干山脉（Balkan Mountains），阿尔卑斯—喀尔巴阡山脉的延伸，横贯巴尔干半岛北部地区。

亲维斯塔[103]，你们守护着图斯库斯的台伯河和罗马的帕拉丁山[104]，至少不要阻止年轻的王子拯救满目疮痍的世界[105]。为了拉俄墨冬在特洛伊所立的伪誓[106]，我们以鲜血赎罪的时间已足够长久。而且，天庭对你的怨忿亦不止一日，凯撒，责怪你只看重尘世的功业，罔顾颠倒了是非曲直。烽火遍地，罪恶多端，对耕犁的敬意荡然无存。农夫被逐，田园荒芜，弯曲的镰刀被重铸为刚直的利剑。幼发拉底河干戈未息，日耳曼尼亚杀声复起[107]。邻邦撕毁和约，兵戎相向，背信弃义的

103　罗慕路斯（Romulus），传说为古罗马王政时代的首任国王，战神玛尔斯与阿尔巴隆加（Alba Longa）公主希尔维亚（Silvia）之子，幼时与其弟雷慕斯（Remus）流落荒野，得母狼哺育而不死，后在台伯河畔建立城池，取己名名之曰"罗马"（Roma），招纳流民，制定章典，开创了罗马立国的百代基业。（Livy, I. 4–16）维斯塔（Vesta），古罗马人所崇奉的灶神和家宅守护神。（Virgil, *Aeneis* II. 296–297）

104　台伯河（Tiberis），意大利中部河流，源出亚平宁山脉西坡，流经罗马城区，于奥斯蒂亚（Ostia）附近注入第勒尼安海。图斯库斯（Tuscus）即古代的伊特鲁里亚（Etruria）地区，台伯河流域在其范围之内。帕拉丁山（Palatium），罗马城的七座山丘之一，传说为该城最初的居民点。

105　原文"iuvenem"（iuvenis的宾格），意为"青年"，指屋大维。（Virgil, *Bucolica* I. 42）C. Day Lewis英译为"young prince"（年轻的王子），此从之。Lewis, 2009, I. 500, p.68.

106　特洛伊国王拉俄墨冬（Laomedon）许以重酬，请尼普顿和阿波罗为特洛伊建造了城墙，事后却不肯履践前约，他又失信于大英雄赫拉克勒斯（Hercules），最终为后者所杀。（Homer, *Iliad* XXI. 441ff. Ovid, *Metamorphoses* XI. 194–220）

107　幼发拉底河（Euphrates），西亚大河，发源于安纳托利亚高原，流经今伊拉克境内，与底格里斯河共同孕育了两河流域的古代文明，两河合流后注入波斯湾。日耳曼尼亚，见注99。公元前37—前31年间，日耳曼人曾越过莱茵河，屡屡入侵罗马，波斯帝国也处于战乱频仍的困境。

战神四处肆虐[108]，犹如驷马高车冲出栅栏，环绕跑道一路狂奔；御手徒劳地勒紧缰绳，仍被怒马牵曳前行，车辆已经不再服从主人的掌控。

108　战神（Mars），一译玛尔斯，罗马神话中的战争和国土之神，在十二主神中地位仅次于朱庇特，相当于希腊的阿瑞斯（Ares）。

卷　二

[1] 说罢农田的耕作和天空的星辰，巴库斯啊[109]，如今我要将你讴歌，当然免不了也要言及林间的丛薮，还有生长缓慢的橄榄树苗。来吧，莱内老爹[110]，你的馈赠无所不有！为你，丰饶的田野在葡萄成熟的秋日倍增光彩。酒浆浮沫，溢满大缸。来吧，莱内老爹，脱去长靴，与我一同将赤裸的双足浸入未熟的新酿。

[9] 首先，大自然滋生草木的方式不一而足。有些树木花草无须人工栽培就能自己降临，遍布广阔的原野和蜿蜒的河岸，如柔韧的红皮柳、荏弱的金雀花，以及白杨和细叶闪

109　巴库斯（Bacchus），酒神狄奥尼索斯（Dionysus）的别名，通用于拉丁语文献。

110　莱内老爹（pater Lenaeus），酒神的尊称，源自古代雅典的酒神节（Lenaea）。此称与希腊语的"酒缸"（lēnos）或"酒神的侍女"（lēnai）有关。

烁银光的青青柳林[111]。另一些则由落地的种子萌生，如高大的栗树、朱庇特圣林中枝繁叶茂的岩栎[112]，以及希腊人借以求取神谕的橡树[113]。有些树从根部生发出密密匝匝的蘖条，如樱桃和榆树，而幼小的帕纳索斯月桂[114]，则在母株广大的庇荫下成长。当初大自然确立了诸多模式，因此不同种类的树木、灌丛和圣林一片青葱。

[22] 还有经验所昭示的方法。有人从温柔的母株剪取嫩枝，将其植入犁沟；有人将枝端剖为四瓣或削成尖楔再埋进土里。一些树适合偃枝压条，在原地培育活的植株；另一些则无须留根，园丁毫不犹豫地砍下树冠，将枝梢再次托付给大地。在主干被截断后，说来也怪，从枯木中会萌发橄榄树之根。我们时常看到，一种树的树枝可以毫无损伤地变为另一种树的树枝：嫁接的苹果挂在变种的梨树之上，刺李枝

111　依据瓦罗的说法，原始的种子分为两类，即"吾人不识者"（latet nostrum sensum）与"分明可见者"（apertum）。此处言及的杨树、柳树，因为种子包藏在白色的绒毛内，难以为人所发现，而金雀花的种子则极为细小，也不易引起注意，所以诗人认为此类植物能够"自己降临"（sponte sua veniunt）；相反，下文述及的栗树、橡树则具有"分明可见的"种子，故称其"由落地的种子萌生"（posito surgunt de semine）。（Varro, *Rerum Rusticarum de Agri Cultura* I. 40）

112　朱庇特，见注40。

113　参看注5。

114　帕纳索斯（Parnasus），希腊中部山岳，在德尔菲（Delphi）附近，是阿波罗和缪斯信仰的发源地之一。月桂是阿波罗的圣树。（Virgil, *Bucolica* VII. 62; Ovid, *Metamorphoses* I. 452-567）

头山茱萸的核果嫣红欲滴[115]。

[35] 行动起来,农夫们,分门别类学习专门的园艺之法,培育并驯化野生的果实,同时莫要使土地荒芜。在伊斯马鲁的山坡遍植葡萄[116],以橄榄装点巍峨的塔布努斯[117],这一切是何等快意之事!来吧,与我一同继续已经开始的劳作,荣耀者啊,我们所获得的最高声誉理应归于阁下。麦凯纳斯[118],扬起风帆在辽阔的海面飞翔吧!而我,纵有百口百舌,声如金石,亦难望以诗句包罗万有。来吧,巡航于沿岸海域,陆地已近在咫尺。我不会以虚诞的辞章、冗长的序曲和离题的陈述令你淹留。

[47] 树木自由生发,进入光明之域,纵然不结果实,却快乐而苗壮地成长,因为土壤中蕴含自然的力量。此类树木,倘若用于嫁接或移栽在人工挖掘的坑内,则将泯灭其野生的天性,在殷勤的经管之下,它们也不难适应主人意欲施用的园艺技术。如果移植于空旷之地,从树根抽出的蘖条也是如此,否则母株繁枝密叶的遮蔽必剥夺其果实并扼杀它们的生育能力。由散落的种子生成的苗木,虽长势缓慢,但终

115　作者在此分别介绍了扦插、压条、嫁接等人工繁育植物的方法。

116　伊斯马鲁(Ismarus),色雷斯南部滨海地区的山岭。(Virgil, *Bucolica* Ⅵ. 30)

117　塔布努斯(Taburnus),今名塔布尔诺(Taburno),意大利萨莫奈(Samnium)和坎帕尼亚边境的山区。(Virgil, *Aeneis* Ⅻ. 715)

118　麦凯纳斯,见注2。

有一日会庇荫我们的子孙后代，只是果实必将退化并丧失旧时的滋味，藤蔓上悬挂的簇果羸小干瘪，仅配供野雀窃食。当然，一切都需要付出辛劳，要将幼苗埋入犁沟，花费心力加以培育。不过，橄榄最宜插枝，葡萄适合压条，帕福斯的香桃木则从粗壮的茎干中萌生[119]。嫩枝既能长成坚韧的榛树、巨大的梣树，赫拉克勒斯繁茂的花冠和卡昂尼之神的橡树[120]，也能生出挺拔的棕榈和随时可能见证海难的冷杉[121]。

[69] 芜杂的杨梅和胡桃的幼苗嫁接，不实的悬铃木缀满林檎的硕果；板栗树与水青冈联姻；山楸枝头，梨花盛开，万点雪白；猪崽在榆荫下大嚼橡实。芽接与枝接并非同一种方法。当幼芽从青皮间露头，绽开柔嫩的绿鞘，在芽节切一条狭缝，嵌入其他树木的新芽，令其在湿润的树皮下生长。或者，截断光滑无节的树干，用铁楔在坚硬的砧木上凿一道深槽，将孕育果实的接枝插入。为时不久，枝柯扶疏的大树参天而立，必定会为新生的绿叶和异株的鲜果

119　帕福斯（Paphos），塞浦路斯古城，相传爱神维纳斯诞生于该城附近的海中。香桃是维纳斯的圣树，参看注17。另，用扦插法繁育香桃木，应选粗壮的枝条作为插穗，现代园艺技术称"硬枝扦插"（hard-wood cutting）。

120　赫拉克勒斯（Hercules，希腊名Herakles），希腊神话中的英雄，宙斯与阿尔克墨涅（Alcmene）之子，曾完成多项壮举。据说他是将白杨引进希腊的第一人，"赫拉克勒斯繁茂的花冠"（Herculeae arbos umbrosa coronae）即指白杨而言。（Theocritus, Idyll II. 121-122; Virgil, Bucolica VII. 61; Pausanias, Hellades Periegesis V. 14. 2）卡昂尼之神（Chaonius pater），指宙斯（朱庇特），参看注5、注40。

121　冷杉（abies）是造船的良材。

而深感惊奇。

[83] 而且，壮硕的榆树不止一种，杨柳、荨麻[122]，以及伊达山的翠柏亦概莫能外[123]。油橄榄并非生而同形，有卵圆状、梭子状和味道苦涩的保西亚小球果[124]。阿尔基努斯的苑囿里生长着各种各样的果木[125]。同一接穗不能共生科鲁斯图米梨、叙利亚梨和沉甸甸的弗莱玛梨[126]，我们的葡萄架上也不会悬挂莱斯波斯在麦替穆纳的藤蔓上收获的果实[127]。此地有塔索斯葡萄[128]，也有马略塔的白葡萄[129]，或偏爱肥沃的土壤，或适应瘠薄的园地。普西提阿葡萄尤宜酿造帕苏姆酒，而鲜

---

122 原文"lotos"，该词可指称数种不同的植物，包括莲花、柿子，以及荷马史诗中述及的"忘忧花"。（Homer, *Odyssey* Ⅸ. 82–104）C. Day Lewis 和 K. R. Mackenzie 均译为 nettle tree（荨麻树），姑从之。Lewis, p 71; Mackenzie, p 33.

123 伊达山（Ida），今称卡兹·达基山（Mt. Kaz Dagi），在小亚细亚西北部。

124 保西亚（pausia），一种优质的食用橄榄，在未熟时采收，用盐水腌渍以便保存。（Varro, *Rerum Rusticarum de Agri Cultura* Ⅰ. 24, 60）

125 阿尔基努斯（Alcinous），传说中的费奇亚（Phaeacia）国王，荷马在《奥德赛》中描写了其御苑的美景，称其中植有梨、石榴、苹果、无花果、橄榄等果树，各类果实次第成熟，四时不绝。（Homer, *Odyssey* Ⅶ. 112–132）

126 科鲁斯图米梨（Crustumia pirus），出自意大利萨宾地区的科鲁斯图米（Crustumium），普林尼以之为梨中上品。弗莱玛梨（volaema），一种早熟且硕大的梨。（Pliny, *Naturalis Historia* ⅩⅤ. 53）

127 莱斯波斯（Lesbos），东爱琴海岛屿，今名莱斯沃斯（Lesvos）。麦替穆纳（Methymna）是莱斯波斯的主要城市。

128 塔索斯（Thasus），爱琴海北部岛屿。

129 马略塔（Mareota），今名马里奥湖（Lake Mariout），埃及北部的咸水湖，在亚历山大港附近。（Horace, *Carmina* Ⅰ. 37.14）

嫩可口的拉吉奥斯[130]，有朝一日会考验双足，束缚唇舌。此外尚有紫葡萄、普勒吉亚葡萄[131]，尤其是莱蒂卡之佳酿[132]，我又该如何形诸吟咏？然而，即便是莱蒂卡也不能与法莱努斯的窖藏相提并论[133]。阿米涅阿的葡萄酒口味最为醇厚[134]，特莫鲁斯和法纳厄的御醅亦甘拜下风[135]。至于果实较小的阿尔基蒂[136]，无论汁液之充盈或贮存之耐久，均可谓无与伦比。我当然也不会忽略罗多岛的出产[137]，那是供奉神灵和佐食肴馔之首选[138]，而布马斯图斯则以颗粒饱满令人难忘[139]。总之，葡萄品类之丰盛，美酒名目之繁多，着实不可胜计，而且估算其数量纯属无谓。若欲知悉个中详情，犹如要问利比亚的旷

---

130 普西提阿（psithia）、拉吉奥斯（lageos）均为原产希腊的葡萄品种。帕苏姆酒（passum）是一种用葡萄干酿造的甜酒。（Pliny, *Naturalis Historia* XVI. 39, 80）

131 普勒吉亚（preciae），一种早熟的葡萄。（Columella, *De Re Rustica* III. 2.23）

132 莱蒂卡（Rhaetica），阿尔卑斯山腹地蒂罗尔（Tyrol）所产葡萄酒，据说此酒为奥古斯都所钟爱。（Pliny, *Naturalis Historia* XIV. 67; Suetonius, *Augustus* 77）

133 法莱努斯（Falernus），意大利著名的葡萄酒产区，位于坎帕尼亚的马西库斯（Massicus）山麓。（Pliny, *Naturalis Historia* XIV. 62）

134 阿米涅阿（Aminnea），意大利中部城镇，在安科纳（Ancona）附近。（Pliny, *Naturalis Historia* XIV. 21）

135 特莫鲁斯，见注24。法纳厄（Phanae），希腊希俄斯岛（Chios）的一处海岬，借指希俄斯岛。

136 阿尔基蒂（argitis），希腊出产的一种白葡萄。（Columella, *De Re Rustica*, III. 2.21）

137 罗多岛（Rhodos），今名罗得岛（Rhodes），希腊第四大岛，位于爱琴海东南部。（Pliny, *Naturalis Historia* XIV. 79）

138 "佐食肴馔"，原文 "mensis secundis"（mensa secunda 的复数与格），直译当作"第二道菜"，通常指甜点或水果。

139 布马斯图斯（bumastus），一种果实硕大的葡萄。（Pliny, *Naturalis Historia* XIV. 15）

漠里有几多沙粒被西风卷起[140]，或者当东风猛烈袭击航船之时，又有几多浪头涌上爱奥尼亚的海岸[141]。

［109］毋庸赘言，并非所有的土地都能提供所有的物产。绿柳低垂河畔，赤杨挺生泽中，不实的花楸高耸岩石磊磊的山巅；香桃为海岸增光添彩；葡萄钟情开阔的丘陵，紫杉眷爱寒冷的北国。且看经垦殖者开发的遐荒绝域，东方的阿拉伯人和黥面的盖洛诺斯人的家园[142]，不同的乡土孕育不同的树木。唯有印度出产黑檀，而乳香只生长在萨巴人的土地[143]。我为何要向你叙说香木溢出的脂膏和四季常青的茛苕之浆果？为何要讲述埃塞俄比亚的丛薮，因覆满柔软的绒毛而一片雪白[144]，以及丝国人如何从绿叶上蒉出如云的轻絮[145]，或者毗邻大洋的印度之林莽？在那遥远的海湾，利箭无法穿

140　利比亚，见注71。

141　爱奥尼亚海（Ionium），地中海的支海，在希腊和意大利之间，通过墨西拿（Messina）海峡和奥特朗托（Otranto）海峡分别与第勒尼安海、亚得里亚海相通。

142　盖洛诺斯人（Gelonus pl Geloni），斯基泰人的一支，居住在今乌克兰境内。希罗多德认为该部族具有希腊血统，仍保持希腊人的某些习俗和宗教信仰，并且讲一种希腊语与斯基泰语混合的语言。（Herodotus, IV. 108）

143　萨巴人，见注25。

144　覆满"绒毛"（lana）的"丛薮"（nemora）应指棉花。棉花原产印度，后传入西亚和北非，埃塞俄比亚是最早种植棉花的国家之一。

145　丝国，原文"Seres"，是古希腊和古罗马地理学家、历史学家对出产或贩运丝绸的国家及民族的称谓，一般认为指中国或中国附近地区。虽然中国出产的丝绸早在公元前5世纪可能已经传入欧洲，但西方人不了解养蚕缫丝的方法，所以有种种的传闻和误解。（Horace, *Carmina* III. 29.27; Pliny, *Naturalis Historia* VI. 17. 20; Pausanias, *Periēgēsis Hellados* VI. 26.6）

透树梢的空气，虽然当地的部族在掌握射术方面并不愚钝。米底亚出产一种汁液酸涩、回味悠长的吉祥果[146]，如果狠心的继母玷污酒杯，在其中调和秽草和邪恶的咒语，有兹救苦良药，即可祛除体内乌黑的毒素。此树高大郁茂，形似月桂，若其清芬远播，气味不殊，必为月桂无疑。任凭风吹雨打，一树绿叶未曾凋落，满枝繁花依然盛开。米底人用月桂叶清除口臭并治疗老人的哮喘。

[136] 然而，无论米底的森林，那富甲天下的国土，抑或美丽的恒河和金屑涌聚的赫尔姆斯[147]，都不足匹敌意大利的荣光；巴克特拉、印度，以及沙土生香的潘加耶亦莫敢争锋[148]。这里没有鼻孔喷火的牡牛为播种巨龙之齿而奋力耕耘，更无武士的甲胄和戈矛林立田间[149]，却有丰穰的谷穗和

---

146 米底亚（Media），伊朗高原西北部地区，米底人（Medi）曾定居于该地并建立米底王国。吉祥果（felix malum），指香橼。按：香橼学名Citrus medica L.，为芸香科柑橘属灌木或小乔木，果椭圆形或纺锤形，味酸略甜，有香气。

147 赫尔姆斯（Hermus），今名盖迪兹河（Gediz River），发源于安纳托利亚高原，汇入爱琴海，曾以富含金砂驰名地中海世界。（Virgil, *Aeneis* Ⅶ. 721）

148 巴克特拉（Bactra），中亚古国巴克特里亚（Bactria）首都，位于今阿富汗的马扎里沙里夫（Mazar-e-Sharif）附近。（Horace, *Carmina* Ⅲ. 29, 28）潘加耶（Panchaia），传说为红海中的一座岛屿，以盛产乳香和没药闻名。（Pliny, *Naturalis Historia* Ⅹ. 2.2）

149 希腊英雄伊阿宋（Jason）为了从科尔基斯（Colchis）取得金羊毛，遵照该国国王埃厄忒斯（Aeetes）的要求驾驭两头鼻孔喷火的牡牛播种龙齿，结果田间长出了全副武装的士兵。（Apollonius Rhodius, *Argonautica* Ⅱ）

马西库斯的美酒[150]，到处都是茂盛的橄榄和兴旺的畜群。于是战马骏迈，驰骋疆场；于是羊羔洁白，牛犊肥壮。所有的牺牲都曾沐浴于克里图姆努斯的圣河之中[151]，作为隆重的祭品，此牛又引导凯旋的罗马人列队走向诸神的殿堂。是处春光四时长驻，夏日过季犹暖；母牛一年两次产崽，树木春秋二度结实；猛虎遁迹，幼狮潜踪，没有毒堇蒙蔽可怜的采食之人[152]。鳞甲参差的蟒蛇不会扭转修长的身躯伏地绕行，也不会自行蜷曲为庞大的螺旋。再看有多少宏伟的都市，人类劳动的千秋丰碑，有多少用双手建造的城镇雄踞峻峭的悬崖之上，清澈的河水从古老的墙垣下潺潺流过。我该不该言及祖国的北海与南海[153]？或者广阔的湖泊，浩瀚无比的拉利乌斯[154]，还有你，贝纳库斯[155]，似大海般汹涌澎湃，涛声如雷？该不该讲述众多的港口和纵贯卢克林湖的堤坝？沧溟狂啸发泄其震怒，尤里乌斯港湾内的碧波遥遥回应受阻浪头的

150　参看注133。

151　克里图姆努斯（Clitumnus），今名克里通诺河（Clitunno River），意大利翁布里亚地区河流。（Propertius, II. 19. 25）

152　毒堇，原文"aconita"，即乌头，学名 Aconitum carmichaeli Debeaux，毛茛科植物，所含生物碱有剧毒。

153　原文"mare quod supera...quoque adluit infra"，直译当作"冲洗着上端和下端的海"，分别指亚得里亚海和第勒尼安海，一在意大利的东北方，一在其西南方。（Virgil, Aeneis VIII. 149）

154　拉利乌斯（Larius），今名科莫湖（Lake Como），位于阿尔卑斯山南麓，为意大利著名的风景区。（Pliny, Naturalis Historia III. 131）

155　贝纳库斯（Benacus），今名加尔达湖（Lake Garda），意大利北部湖泊，在维罗纳（Verona）附近。（Pliny, Naturalis Historia II. 224）

喧嚣，第勒尼安的潮汐被引入阿维努斯的水道[156]。这片土地处处显露白银和赤铜的矿脉，遍地流淌黄金。 她还孕育了勇敢的民族，马尔苏斯和萨贝鲁斯部落[157]、吃苦耐劳的利古尔人[158]、高举标枪的沃尔斯库斯人[159]；还有德基乌斯、马里乌斯和伟大的卡米卢斯家族[160]，以及沉毅善战的西庇阿祖孙[161]。而你，至尊的凯撒，遥远亚洲门户的征服者[162]，如今又在罗

156　为了给新组建的海军提供战舰的碇泊地，罗马将军阿格里帕（Marcus Agrippa，公元前64—前12）在第勒尼安海与卢克林湖（Lacus Lucrinus）之间构筑堤坝建成外港，又开凿运河将卢克林湖与阿维努斯湖（Lacus Avernus）连通作为内港，取尤利乌斯·凯撒（Iulius Caesar）之名命名为尤利乌斯港（Portus Iulius）。（Dio Cassius, LXVIII. 50）

157　马尔苏斯人（Marsus pl Marsi），居住在意大利中部的古代部族，民风剽悍，好勇斗狠。（Horace, Carmina III, 5.9）萨贝鲁斯人（Sabellus），即萨宾人（Sabinus pl Sabini），起源于拉丁姆（Latium）地区的古代部族。（Livy, 1.9）。

158　利古尔人（Ligur pl Ligures），古罗马内高卢地区（Gallia Cisalpina）的山地居民。（Cicero, De Lege Agraria II. 95）

159　沃尔斯库斯人（Volscus pl Volsci），拉丁姆地区的主要部族，是早期罗马的劲敌。（Livy, I. 53, II. 22）

160　德基乌斯（Decius）家族有两名成员为国捐躯。（Livy, VII. 9, X. 28）。G. 马里乌斯（Gaius Marius，约公元前157—前86），一译马略，七次担任执政官，曾镇压努米底亚国王朱古达（Jugurtha）的反抗。（Cicero, De Lege Manilia LX）弗里乌斯·卡米卢斯（M. Furius Camillus, ?—公元前365）在高卢人劫掠之后重建了罗马城。（Livy, V. 35 ff.）

161　老西庇阿（Cornelius Scipio Africanus Maior, 公元前236—前183）于公元前202年击败汉尼拔（Hannibal），取得第二次布匿战争的胜利，他收养的孙子小西庇阿（Cornelius Scipio Africanus Minor, 约公元前185—前129）于公元前146年最终摧毁了迦太基。（Livy, XXX.29ff; Dio Cassius, XXI. 70.4ff.）

162　公元前31年在亚克兴海战中战胜安东尼之后，屋大维下令发兵埃及、巴勒斯坦和叙利亚。（Dio Cassius, LI. 17.4）

马的要塞前驱逐了厌兵畏战的印度人[163]。祝福你，萨图的土地[164]，谷物之慈母，人类之至亲，我要为你奉献古代的颂词和先辈的技艺，大胆开启神圣的源泉，在罗马的城镇传唱阿斯克拉人的歌曲[165]。

[177]现在应该谈谈田地的性质，即其有何效力，呈何色泽，适合何种作物生长。先说瘠硗的土地和荒芜的山坡，那里土壤贫薄，荆棘充塞，碎石遍布，但不失为帕拉斯长寿的橄榄树之乐土[166]。此类地域的特征显而易见：沙枣蔚然成林，野果落满一地。然而，在温润的湿气中焕发活力的膏壤，杂草丛生、养分充足的平阔之地（例如我们通常所见的空旷的盆地，溪涧从山顶的岩石间流泻而下，冲来肥沃的淤泥），或者朝南的阳坡，则会滋生阻碍犁铧前行的蕨薇。有朝一日，这片土地将为你奉献坚韧的藤蔓和流溢的琼浆，不仅盛产葡萄，而且能造佳酿。当体态丰腴的第勒努斯

163　此句可能暗指罗马驳回了东方某国的一次外交诉求，参阅Fantham in Fallon, 2009, p.99, n.170-2。

164　萨图，见注84。

165　阿斯克拉人（Ascraeus），指古希腊诗人赫西俄德（Hesiod，公元前8世纪）。赫西俄德出生于维奥蒂亚的阿斯克拉（Ascra），著有《神谱》（*Theogony*）、《劳作与时日》（*Erga kai hemerai*），与荷马并称为希腊诗歌之祖。维吉尔的《农事诗》继承了《劳作与时日》所开创的教谕诗传统，故作者以"传唱阿斯克拉人的歌曲"为己任。

166　帕拉斯（Pallas），智慧女神雅典娜（密涅瓦）的别名，意为"处女"或"舞枪弄棒者"。晚期传说称其为雅典娜的伴侣，为后者所误杀。参看注14。（Horace, *Carmina* I. 12.20; Ovid, *Metamorphoses* V. 263）

人在祭坛旁吹响象牙号角之时[167]，我们将以金樽进酒，用鼓
腹的大釜献上热气腾腾的胙肉。如果你的营生重在饲养牛群
及幼犊，放牧绵羊或作践庄稼的山羊，你就该前往富饶的塔
仑同[168]，到那幽深的林地和遥远的牧场，还有苦难深重的曼
图亚所丧失的原野[169]，那里有水草丰茂的河流，雪白的天鹅
在波心游弋。该地不乏牛羊所钟爱的清泉和绿茵，畜群在漫
长白日所消耗的一切，沁凉的露水在短促的夜间都会如数补
偿。概而言之，土壤色黑，受犁铧的挤压而流溢脂膏，而且
土质疏松（一如经过耕耘），最宜种植谷物。在其他地方，
你难得见到如此之多的运粮车，由缓缓前行的公牛驾辕，相
继驶向农夫的家园。此外，粗暴的垦荒者砍伐树木，摧毁了
多年以来无人问津的丛林，将鸟雀栖息的古树连根掘起，逼
得它们逃离窝巢，飞向天穹，但被犁铧惊动的处女地却焕发
了光彩。至于起伏绵亘的丘陵地带，硗确的沙石地绝少供养
蜜蜂的红乳草和迷迭香，而嶙峋的凝灰岩和黑色水蛇蛀蚀的
白垩土，则表明此地为蛇类备有别处所无的美食和幽邃的藏

167　第勒努斯人（Tyrrhenus），即伊特鲁里亚人（Etruscus），意大利古代民族，
居住在台伯河与阿尔诺河之间的地区，公元前6世纪已发展出昌盛的都市文明。伊特
鲁里亚人建立的国家在公元前3世纪为罗马所吞并，但伊特鲁里亚文明对其后统治意
大利半岛的罗马人产生过重要影响。

168　塔仑同（Tarentum），今名塔兰托（Taranto），意大利东南部城市，濒临爱
奥尼亚海，是意大利的主要港口之一。

169　曼图亚（Mantua），今名曼托瓦（Mantova），意大利北部古城，维吉尔的故
乡。腓力比之役后，为安置退伍士兵，官方下令征收土地，使众多自耕农沦为佃户或
流亡他乡。此一事件波及多地，曼图亚即其中之一。（Virgil, *Bucolica* IX. 26-29）

身之所。如果土地散发薄雾轻烟又能随意吐纳水分，长年借青青草色装扮自身，并且不曾以锈斑和盐渍损毁铁器，她必定会为你在榆树上缠满繁茂的葡萄藤，同时也大量出产油橄榄。在耕作中你会发现，她溺爱畜群，也顺从弯曲的犁铧。这就是富裕的卡普亚所耕种的田地[170]，毗邻维苏威山的滨海区域[171]，骄纵的克拉尼乌斯流经此处，竟使阿凯莱沦落为一座空城[172]。

　　[226]下面，再讲讲如何识别不同的土地。若欲分辨土质是否疏松或异常紧密（或适合种植谷物，或宜于栽培葡萄；刻勒斯喜欢坚实的田土，吕埃欧偏爱松软的园地[173]），首先要看好合适的地点，命人在地上掘一深坑，然后回填全部泥土，用双脚将表层的浮土踩实。如果地面沉陷，说明土质松散，适宜放牧牛羊或种植高产的葡萄；倘若泥土无法回归本位，填满坑洼还有盈余，可见土质紧密。刨出土块，看准硬坎，驾起健壮的公牛翻耕土地吧。至于盐碱地，亦即所谓"苦田"（不打粮食，也不能通过耕耘加以改善；既无

　　170　卡普亚（Capua），意大利坎帕尼亚地区古城，约建成于公元前6世纪，后发展为重要的工商业中心，公元前4世纪归属罗马。

　　171　维苏威山（Vesevus），世界著名的火山，位于那不勒斯湾东海岸，周边的土地因覆盖火山灰而异常肥沃。

　　172　阿凯莱（Acerrae），意大利南部城市，在那不勒斯东北方。克拉尼乌斯（Clanius），坎帕尼亚地区河流，流经阿凯莱附近，其泛滥于该城有水患之虞。（Silius Italicus, VIII . 535）

　　173　吕埃欧（Lyaeus），酒神巴库斯的别名。

从存续葡萄的良种，亦难以维护苹果之美名），可做如下鉴定：从久积烟炱的檐底取下编织细密的柳条筐和漉酒用的过滤器，在其中填满劣质的土壤并注入甘泉之水，水分必全部渗出；大颗的水珠从柳条的缝隙漏下，泥水的味道提供了明确的证据，因为可怜的测试者会龇牙咧嘴。若土壤肥沃，则可以此法验证：在手中揉捏不至碎散，而是像沥青一般软软地黏在指间。卑湿之地滋生高大的蒿草，丛杂繁芜，肆意蔓延。啊，这种过分沃腴的土地并非本人所需，还有在庄稼抽穗时就显露出旺盛活力的农田。重量是坚土无言的明证，疏松的土壤亦同此理。以肉眼分辨黑色及其他颜色的土壤简便易行，但要识别恶劣的冻土则颇为困难，除非偶然发现油松和有毒的紫杉，或者黑藤泄露了隐藏的秘密。

[259] 此外还要注意：埋下欢乐的葡萄秧之前，切记令土地经受日照。在广阔的山坡开垦深沟，让翻出的土块暴露在北风之中。腐熟的土地是为良田，寒风和银霜必光顾此处，健壮的耕夫也会前来翻地松土。如果心头仍存顾虑，那就先找条件相同的地点作为苗圃，不久之后再分苗移植，以免苗木骤然之间不能适应变化的环境。当然也可在树皮上刻画记号，以之对应天穹的四个区域。如此，即便更换了立足之地，树苗仍可面承南风之熏，背对北极之轴。幼年养成的习惯根深蒂固。

［273］首先要考虑，山地或平原，何处更利于种植葡萄？如果选定肥沃的平阔之地，则不妨密植，即便如此葡萄也不致歉收。假定田地在高峙的冈阜或倾斜的山坡，则布局必须宽松，而且栽种苗木时所留的通道务求方正规整。就像大战之际军团分纵队排开阵势[174]，全部人马肃立旷野之上，行列整齐，剑戟森森，大地上一片闪耀的寒光；虽尚未交锋，但战神已犹疑不决地徘徊于双方的军阵之间。同样，整座葡萄园应以井然有序的路径加以区划，不仅使景观更添闲情逸致，且唯有如此，土地方能施与所有苗木以平均的力量，枝蔓才有在空中自由伸展的空间。

［288］或许你想问种植苗木要挖多深的坑，我以为葡萄秧可以大胆地托付给浅浅的犁沟，但植树则必须在地上掘出更大更深的坑。尤其是巨大的橡树，根株下达泉壤，枝梢上参霄汉，故而风暴雨雪都不能凋伤摧折。此树岿然不动，历经千秋百代，阅尽世事沧桑而郁郁长青；老干挺劲，柯枝伸张，而其树身则亭亭居中，支撑起一片广大的绿荫。

［298］葡萄园不可倾向西沉的夕阳，不可在葡萄之间混种榛子，亦勿摘除幼苗的顶芽或从树梢割取插穗（它们对大地之爱是如此深沉），不可用钝刀伤害苗木，或者移植野

174　纵队（cohors），罗马军团的建制单位，约由600名士兵组成。

生的橄榄作为藤蔓的支架。因为,粗心的牧人往往会遗落一
点火星,暗火潜入多脂的树皮之下,紧贴树干,上窜至枝
头的绿叶,开始朝天呼啸。继而大火点燃了满树繁枝并凌
驾于高耸的树梢,将整片苗木围困于熊熊烈焰之中,同时
喷发出遮空蔽日、乌黑浓重的油烟。此刻,倘若狂飙从天
而降,则风助火势,愈演愈烈。一旦遭受火灾,葡萄的根
株已无生机,砍伐之后不会再生,大地的深处亦不复滋长
同类植物。唯有不幸的沙枣,生满苦味的树叶,却能独自
存活。

[315]切勿听从狡狯之徒的进言,在北风劲吹之际开
垦僵硬的土地。严冬以银霜封锁田园,即便及早栽种,受冻
的幼苗也难以在泥土里扎根。明媚的春日,白鸟回归,长蛇
避易[175],或炎威已减,秋凉甫至,日神飞驰的车驾尚未逼近
寒冷的冬天,皆不失为种植葡萄之最佳时节。阳春为丛林幽
谷披上新绿,此时土壤膨胀,催促种子发芽。全能的天父化
作如酥的甘霖,流入欢欣的地母之子宫,伟大的力量与伟大
的身躯融合为一,孕育一切生命的胚胎。莽原回响着百鸟的
欢歌,牲畜如期重温旧情。肥沃的土地开始萌动,田野敞开
胸怀承受西风温煦的吹拂,轻柔的水汽滋润万物。嫩草可以

---

175 白鸟(candida avis),指欧洲白鹳,学名Ciconia ciconia,大型涉禽,每年
迁徙至非洲过冬,初春返回欧洲,以甲壳类和爬行类动物为食,是蛇的天敌。参阅T.
F. Royds, 1918, p.36-37。

毫无顾忌地面向初升的朝阳，葡萄秧也不必畏惧南风骤起或北风大作引来天降暴雨，而会吐露颗颗幼芽，舒展每一片绿叶。不难想象，当鸿蒙开辟，曙光照临，必定也是此番景象。那是一片融融春色，包容整个世界。东风收敛了冬日的寒气，牛群首次在晨曦中饮水。大地生育的族群，人类，在坚实的土地上抬起了头颅。丛林出没野兽，苍穹缀满繁星。如果寒暑之间没有休暇，上天的仁慈未曾惠及大地，柔弱的生灵又何能承受尘世的艰辛？

〔346〕而且，无论在园圃内栽种何种苗木，都要施足肥料，勿忘覆盖厚厚的浮土，亦可埋入吸水的石块或粗粝的贝壳，水分必渗入其间，轻柔的湿气亦可透过，树苗因而焕发生机。经验证明，在地里放置沉重的砖石，就能为苗木抵挡暴雨，也可防止大犬座当空之时的闷热天气使土地干裂[176]。

〔354〕插条完毕，还要多次从根部松土，挥动笨重的锄头，或者反复用犁铧翻耕土地，赶着勤奋的耕牛穿行于成排的葡萄之间。然后准备光滑的苇秆、剥了皮的木桩、白蜡木的棍子和结实的木叉，以之作为支撑，藤蔓才能奋力向上，不惧风吹，节节攀升，爬到榆树的顶端。

176　大犬座，见注61。

卷 二

〔362〕在幼苗萌发嫩芽之时，务请怜惜娇弱的生命。当新梢无拘无束、快乐自由地延伸至空中，切勿加之以利刃，应该弯曲手指，摘除其间过密的叶片。此后，待粗壮的藤蔓缠住榆树，应当修剪紊乱的卷须，裁截旁出的分枝（在其畏避刀锋之前），然后要严加管理，以免枝蔓生长无度。

〔371〕你还须编制篱笆，防范牲畜，尤其是在叶芽柔嫩，尚未经历磨难之时。因为，除了冬寒严酷，夏日暴烈，野牛及接踵而至的獐鹿会在此嬉戏，绵羊和贪婪的牛犊必前来觅食。银霜皑皑的隆冬和岩石灼热的盛夏，都不如畜群及锐齿的毒液、藤蔓被噬咬的伤痕造成的危害严重。正是缘于此一罪孽，所以要向酒神的每座祭坛供奉牺牲[177]，在舞台上搬演古老的戏剧。忒修斯的后裔还在村内和十字路口给才智出众之人颁发奖品[178]，并且为柔软的草地铺设油腻的羊皮，举杯庆贺，翩翩起舞[179]。还有从特洛伊徙居奥索尼的移民[180]，

---

177 瓦罗也说，用山羊作为献祭的牺牲，乃是一种"惩罚"（darent poenas）。（Varro, *Rerum Rusticarum de Agri Cultura* I. 2）

178 忒修斯（Theseus），希腊神话中的英雄，曾进入克里特王米诺斯（Minos）的迷宫并杀死牛首人身的怪物米诺陶（Minotaurus），后继位为雅典国王。忒修斯的后裔（Thesidae）指雅典人。

179 在羊皮上歌舞，说的是雅典的"山羊歌"（tragōidia），即古希腊悲剧的雏形。

180 从特洛伊迁居奥索尼的移民（Ausonii Troia gens missa coloni），泛指意大利人。维吉尔在《埃涅阿斯纪》中讲述了特洛伊王子埃涅阿斯（Aeneas）率领族人迁徙意大利的艰难历程。另，因希腊人称意大利中部和南部的居民为奥索涅人（Ausones），在诗歌中每以奥索尼（Ausonia）作为意大利的雅称。

开怀大笑，吟诵粗俗的诗篇[181]，佩戴狰狞的面具，以欢乐的歌声呼唤你，巴库斯，同时为你在高大的松树上挂起飘扬的旗幡[182]。于是，每座葡萄园都结满成熟的果实，空旷的山谷和幽深的林地，以及神灵眷顾的各个地点，到处都是一片丰收的景象。遵从礼俗，我们将咏唱祖辈的歌谣向酒神致敬，为他献上糕饼和果品。在号角的引领下，难逃厄运的公羊兀立祭坛之前，等候我们以榛木的烤叉炙烤肥美的内脏。

[397] 另一项殚精竭虑的任务是照料葡萄。每年必须翻地三至四次，不断地用锄头击碎土块，同时要为全部苗木剪枝修叶。农夫的劳作周而复始，一如岁月的步履去而重归。当枝头黄叶飘零殆尽，朔风洗尽满园芳华，精明的农夫已开始筹划来年的营生。他用萨图的弯刀逐一割下多余的枝条[183]，将藤蔓修剪成形。首先要掘土，及早焚烧已经清除的枯枝并把木桩搬进棚内，然后再采收果实。柔蔓密叶二度垂下浓荫，野草杂花也会两次长满园圃。所谓："称美良田百亩，力耕薄地三分"[184]，其实两者皆非易事。而且，林间的杞

181　有研究者认为，所谓"粗俗的诗篇"（versus incomptus）应指"法斯肯歌谣"（versus fescennini），即早期的意大利民间俚曲，包括淫秽的小调和即兴的对歌，通常在庆典或婚礼上演唱以取悦听众。参阅 Lyne in Lewis, 2009, p.140 , n.385。

182　旗幡（oscillum, *pl.* oscilla），指绘有酒神像的护身符。

183　萨图，见注84。

184　作者化用了赫西俄德的诗句："心羡扁舟一叶，货积巨舶万石。"Hesiod, *Erga kai hemerai* 643, 据 H. G. Evelyn-White 英译转译，*Works and Days*, Loeb Classical Library Volume 57. London: William Heinemann, 1914。

柳和岸边的芦苇亟待收割，野生的柳林也需要经管。如今藤
蔓已经捆扎完毕，枝叶的修剪也已停当；最后的剪枝者为行
列整齐的苗木而高声歌唱，但仍需动土扬尘，而且不能不替
成熟的果实忧惧不测风云。

[420]　相反，种橄榄则无须费心照料。树苗一旦植根泥
土，迎风挺立，就不再需要整枝松土。经过耙齿梳理，犁铧
耕耘，土地自会提供充足的水分，结出丰硕的果实。如此，
你就能培育出帕克斯所钟爱的油橄榄[185]。

[426]　果树也是如此，若自觉根株牢固并充满力量，无
须我们的扶助，它们就会以天赋的活力迅速向星空生长。同
时，每座树林也结实累累，野鸟的栖息地因缀满血色的浆果
而一片殷红。牛羊吃金花菜，高树参天的林间盛产油松，可
以燃烧夜火，放射光明。难道人们能够怠于播种，无所用
心？为何必须谈论重大的话题？柳树和低矮的灌丛或为羊群
奉献绿叶，或为牧人造就阴凉，既是庄稼的篱墙，也是蜜蜂
的食物。遥望基托鲁斯随风摇曳的黄杨树和纳吕西亚的青松
林令人心旷神怡[186]，看到田地无须锄草松土和严苛管理也堪

185　帕克斯（Pax），古罗马的和平女神，对应于希腊的厄瑞涅（Eirene）。

186　基托鲁斯（Cytorus），安纳托利亚高原北部山脉，濒临黑海，山中多黄杨
树。（Catullus, Ⅳ. 13; Pliny, *Naturalis Historia* ⅩⅥ. 71）纳吕科斯（Naryx）是希腊洛
克里斯（Locris）的一座城市，此处以其形容词 "Narysia"（纳吕西亚）指称洛克里
斯人在意大利建立的殖民地布鲁修姆（Bruttium），该地出产的松木可以提炼柏油。
（Virgil, *Aeneis* Ⅲ. 399; Pliny, *Naturalis Historia* ⅩⅣ. 127）

称快事。虽然狂暴的东南风频繁地侵凌袭扰，高加索山顶不实的林木也能供应各类物资[187]，出产有用的木材。松木可以造船，雪松和香柏可以修建房屋。农夫用木料制成车轮的轮辐、大车的车轮，搭建起船舶的龙骨。柳条可编篮筐，榆叶宜作饲料，香桃木和山茱萸适合制成作战用的标枪，伊图莱阿的杉木堪为良弓[188]。椴木和黄杨可用刨子抛光，以锐利的铁錾成型并将内部掏空。在帕杜斯河放排[189]，轻质的桤木会漂浮于滚滚波涛之间；还有中空的黄檗和腐朽的冬青，乃是蜂群筑巢的所在。再说酒神有何恩德值得铭记？他甚至提供了犯罪的契机。正是酒神害死了疯狂的人马怪——律图斯、弗鲁斯，以及手执硕人的酒壶在拉庇泰寻衅滋事的叙雷乌斯[190]。

[458] 哦，万分幸运的农夫，但愿他们能明白自己享有的福分！远离兵刃相交的冲突，至为公正的大地为他们从

187　高加索山（Caucasus），南欧和西亚的分水岭，位于黑海和里海之间，呈西北—东南走向横贯格鲁吉亚、亚美尼亚和阿塞拜疆三国，全长1200公里。

188　伊图莱阿（Ituraea），巴勒斯坦北部地区，据说当地人善造弓矢。（Cicero, *Philippics* II. 112; Pliny, *Naturalis Historia* V. 81; Lucan, V. 230）

189　帕杜斯河（Padus），波河古称，参看注100。

190　人马怪（Centaurus），希腊神话中半人半马的族群，伊克西翁（Ixion）和"云"（Nephele，天后朱诺的幻象）的后裔，律图斯（Rhoetus）、弗鲁斯（Pholus）和叙雷乌斯（Hylaeus）都是该族成员，他们在拉庇泰（Lapithae）国王皮利透斯（Pirithous）的婚宴上借酒发疯，引发了拉庇泰人与人马怪之间的战争。（Homer, *Odyssey* XXI. 295-304; Ovid, *Metamorphoses* XII. 210-535）另，Rhoetus，莱比锡本（1899）作"Rhoecum"（Rhoecus的宾格），兹据巴黎本（1745）翻译。

泥土中滋生一切所需之物。纵无门庭宏大的高堂广厦及清晨
从室内涌出向主人请安的成群仆役；纵未见识螺钿嵌饰的户
牖、金光熠熠的帷幔、俄费拉的青铜雕像[191]；纵使洁白的羊
毛不曾沾染亚述的药物[192]，清纯的油脂没有混杂桂皮的杂质，
但是他们一向高枕无忧，全然不知世间的尔虞我诈，并且拥
有无尽的宝藏：宁静广阔的田园、洞穴、天然的湖泊、清幽
的峡谷，以及牛群的低鸣和绿荫下的一晌酣睡。他们有葱翠
的林地、野兽的巢穴，更有吃苦耐劳、节俭知足的青年一
代。他们礼敬神灵，尊重长者，因为正义女神离开尘世时在
乡间留下了最后的足迹[193]。

[475]唯有缪斯[194]，无比温存，令我以大爱之心秉持神
圣的职志，还望接纳我并为我指示天路和星象、日食的变
化与月相的盈亏；告知我大地因何战栗，何种力量使深海
沸腾，冲破堤坝，又复自行退去而归于平静，以及冬日的

191　俄费拉（Ephyra），古希腊城邦科林斯（Corinth）的别名。传说该城由泰
坦神俄刻阿诺斯的女儿俄费拉所建立，故有此称。

192　亚述（Assyria），西亚古国，泛指东方。亚述的药物（Assyrium venenum），
指东方的染料。

193　原文"Iustitia"，直译即"正义"，指正义女神阿斯特莱雅（Astraea）。正
义女神在黄金时代与人类共同生活，白银时代隐居山中，到了邪恶的青铜时代，
她继众神之后离开尘世，化身为天上的室女星座。（Aratus, *Phaenomena* 97–128;
Catullus, LXIV. 398 ff; Virgil, *Bucolica* Ⅳ. 6）

194　缪斯（Musa, *pl.* Musae），希腊神话中的文艺女神，主神宙斯与记忆女神
谟涅摩叙涅（Mnemosyne）的女儿，共九名，分别司掌不同的文学与艺术门类。

太阳为何如此匆促地沉入大洋，又是何种原因阻滞长夜迟
迟不去。如果心房周遭冰冷的血液妨碍我走近大自然的幽
秘之境[195]，那就让田园风光和谷底流水为我助兴吧。我钟爱
山林川泽，视荣辱为无物。哦，为了斯佩尔吉乌斯河畔的
原野[196]，为了斯巴达少女们狂歌漫舞的泰基塔[197]！哦，谁愿
置我于海穆斯山间凉爽的盆地[198]，以繁枝织就的浓荫为我遮
阳！能够洞悉事物的原理，将一切恐惧和无情的命运踩在脚
下，罔闻死神贪婪叫嚣的人是幸运的；熟识乡野之神潘、年
迈的西凡努斯和宁芙姊妹的人也是有福的[199]。官长的仪仗不
足震慑，帝王的华衮无以威服，酿成阋墙之祸的纷争、由赫
斯特一路杀来的达库斯盟军[200]，以及动荡翻覆的罗马政局都

195　古希腊哲学家恩培多克勒（Empedocles，约公元前495—约前435）认为
环绕心脏流动的血液是人类理智的源泉。*The Poems of Empedocles*, Part 4 Fragments
96/105, University of Toronto Press 2001.

196　斯佩尔吉乌斯河（Spercheus），希腊色萨利地区河流。（Pliny, *Naturalis
Historia* IV. 28）

197　"狂歌漫舞"，原文"bacchata"，指酒神祭中女信徒状近癫狂的歌舞。泰基
塔（Taygeta），一作泰格图斯（Taygetus），伯罗奔尼撒半岛境内山脉，呈东西走向，
是古希腊城邦斯巴达（Sparta）的天然屏障。

198　海穆斯山，见注102。

199　潘，见注10。西凡努斯，见注16。宁芙（nympha, *pl.*nymphae）是自然物
化生的精灵，年轻貌美，能歌善舞，其中的川泽仙女称纳娅斯（Naias, *pl.* Naiades）、
山岳仙女称奥勒阿（Oreas *pl.* Oreades）、草木仙女称德吕娅（Dryas, *pl.* Dryades）或
哈玛德吕娅（Hamadryades）。她们并非永生的神明，但享有比凡人长久的寿命。

200　赫斯特（Hister），多瑙河下游地区。达库斯（Dacus, *pl* Daci），即达契亚人
（Dacians），东欧的古代民族，曾建立达契亚王国，公元106年为罗马所灭。（Caesar,
Commentariorum Libri de Bello Gallico VI. 25）

不会使他为之忧戚。他无心怜恤穷汉，也绝不嫉妒富翁。他
撷取枝头的果实，收获土地的馈赠。他漠视律法的铁则、暴
徒的集会和国家的档案。另一些人则以舟楫惊扰未知的海
域，悍然冲向剑戟丛中，或跻身君王的内廷和寝宫。有人
摧毁了城市及贫寒的家屋，只图引觞痛饮，醉拥红衾高卧；
有人大肆聚敛钱财，以藏镪巨万而沾沾自喜；有人不胜惶
惑地仰望庄严的坛坫，或因座席间一再响起的元老与庶民
的掌声而目瞪口呆；有人以双手沾满同胞的鲜血为乐；有
人用温馨的家园换取流亡的结局，在异国的天日下寻觅安
身之地[201]。

[513]农夫用曲辕犁翻耕土地，开始了一年的劳作，
借此养活他的同胞、年幼的孙辈以及他的牛群和忠实的耕
牛[202]。虽然劳碌不休，但是年岁奉献了累累硕果，增添了牲
畜的幼崽，还有成捆的谷物，堆满田塍，挤破仓房。冬天来
临，他在磨坊碾碎西吉翁的橄榄[203]。归圈的猪崽围着橡实大
快朵颐。林间结满杨梅及秋日斑斓的果实，成熟的葡萄晾晒
在向阳的高冈上。儿孙绕膝承欢，家屋朴素洁净。母牛低垂
着乳汁充盈的乳房，肥壮的羊羔在欢乐的牧场角抵嬉戏。他

201　参看注169。

202　孙辈（nepotes），莱比锡本（1899）作penates（家神），误，兹据巴黎本
（1745）订正。

203　西吉翁（Sicyon），伯奔尼撒半岛东北部古城，诗人阿拉图斯（Aratus）
的故乡，据说当地盛产橄榄。（Pliny, *Naturaris Historia* IV. 5）

过起了清闲的日子，故得藉草而卧，看篝火居中燃烧，众乡邻用花环装饰巨觞，继而向酒神献祭祝祷。他还在榆树上画出靶标，供羊倌们举行投枪竞赛；其他人则为参加乡村摔跤大会而袒露强健的躯体。这就是萨宾人的老祖先所享有的生活[204]，雷慕斯兄弟也是如此[205]。显而易见，伊特鲁里亚人因此而日益强大[206]，罗马则成为人世间最美丽的地方：一道城垣，回环盘绕在七座山头上。在迪克特的君王尚未执掌权柄[207]，不信神的部落杀牛宰羊，耽于宴乐之前，金色的萨图在尘世就曾这般生活[208]，不闻号角的悲鸣，也听不见在坚硬的铁砧上锤锻剑锋的铿锵之声。

[541] 我们已经走过了大地上广袤的区域，此刻应该放松缰绳，让脖颈冒着热气的马儿歇息片时了。

---

204 萨宾人，见注157。

205 雷慕斯兄弟（Remus et frater），指雷慕斯及其孪生兄长罗慕路斯。两人幼年曾患难与共，后因建造罗马城之事发生争端，雷慕斯遂为其兄所杀。参看注103。

206 伊特鲁里亚人，见注167。

207 迪克特的君王（Dictaeus rex），指朱庇特。据希腊神话，女神莱亚生下宙斯后，为防止新生的婴儿被他的父亲克洛诺斯吞食，将宙斯藏在克里特岛的山洞里，交由仙女抚养成人。罗马人以朱庇特对应宙斯，同时也移植了上述神话。参看注40。迪克特（Dicte），克里特岛东部山岳。

208 萨图，见注84。

卷 三

[1] 你，伟大的帕勒斯[209]，还有来自阿姆弗吕苏斯的牧人[210]，以及吕凯乌斯的森林和河流[211]，我也要将你们歌颂。所有取悦空虚心灵的诗题早已家喻户晓：谁不知道暴戾的欧律斯透或邪恶的布西里斯之祭坛[212]？谁未谈及美少年许拉斯[213]、

209　帕勒斯（Pales），古罗马的畜牧之神，其祭典称Parilia，于每年4月21日，即罗马的"建城日"（natalis urbis）举行。（Virgil, *Bucolica* V. 35; Ovid, *Fasti* IV. 721ff.）

210　来自阿姆弗吕苏斯的牧人（Pastor ab Amphryso），指阿波罗。因阿波罗杀死了为宙斯铸造霹雳火球的独眼巨人，宙斯罚他到阿姆弗吕苏斯（Amphrysus）河畔为色萨利国王阿德墨图斯（Admetus）牧羊。（Euripides, *Alcestis* 1-7; Callimachus, *Hymn* II. 47-54）阿姆弗吕苏斯河源出奥特里斯山（Mt. Othrys），汇入帕加西湾（Pagasetic Gulf）。

211　吕凯乌斯，见注11。

212　欧律斯透（Eurystheus），梯林斯（Tiryns）王，在大英雄赫拉克勒斯（Hercules）为其服役期间，委派后者完成十二项艰巨任务。布西里斯（Busiris），埃及国王，曾下令以旅居其国的异邦人作为祭神的牺牲，后为赫拉克勒斯所杀。（Apollodorus, II. 5.11）

213　许拉斯（Hylas），阿尔戈英雄传奇中的美少年，在为同伴取水时被川泽仙女劫持而失踪。（Apollonius Rhodius, *Argonautica* I. 1207-1355; Theocretus, *Idylls* XIII; Virgil, *Bucolica* VI. 43-44）

拉托那的德罗斯[214]，还有希波达美和珀罗普斯，那名以其象
牙之肩而备受瞩目的英勇御手[215]？因此，我当另辟蹊径，方
能绝尘脱俗，声名流播世人之口。倘若天假以年，我要率先
从阿奥尼的巅峰引领缪斯女神荣归故里[216]，首次将伊杜美的
棕榈叶献给你[217]，曼图亚[218]，在碧绿的原野上，依傍清流建造
云石的神殿。此处，壮阔的敏吉河缓缓转弯[219]，以萧萧芦荻
装点逶迤的堤岸。居中供奉凯撒[220]，立享专享之祠庙。为表达
对凯撒的敬意，我，身披赪紫的大氅，如同凯旋的勇士，驱
策百乘驷马高车沿河奔驰。因我之故，全体希腊人必将离开

214　拉托那（Latona），即希腊神话中泰坦族的女神莱托（Leto），与大神宙斯
结合生育了阿波罗和阿耳忒弥斯。慑于宙斯之妻赫拉的淫威，各地都不敢收留有孕
在身的女神，最终她来到德罗斯岛（Delos），在那里产下了这对孪生姐弟，参看注
93。（Callimachus, *Hymn* IV）

215　珀罗普斯（Pelops），吕底亚国王坦塔卢斯（Tantalus）之子，幼时为其父
戕杀以祀神，肩膀被德墨忒尔吞食，诸神使之复活后，用象牙修复了其伤残的肢体。
及长，与厄里斯（Elis）国王俄诺玛俄斯（Oenomaus）赛车获胜，故得娶王女希波
达美（Hippodame）为妻。

216　阿奥尼的巅峰（Aonius vertex），指缪斯女神所居的赫利孔山（Helicon）。
按：阿奥尼为维奥蒂亚的别称，赫利孔山为维奥蒂亚最高峰，山麓的阿斯克拉村是
古希腊诗人赫西俄德的故乡，诗人自述其在牧羊时曾遇见缪斯女神。参看注165、注
194。

217　伊杜美（Idumaea），巴勒斯坦南部地区，位于朱迪亚（Judea）和贝尔谢
夫（Be'er Sheva）之间。古希腊竞技比赛曾以棕榈叶为奖品，其原产地在巴勒斯坦，
故有"伊杜美的棕榈叶"（Idumaea palma）之称。

218　曼图亚，见注169。

219　敏吉河（Mincius），今名敏齐奥河（Mincio River），意大利北部河流，源
出阿尔卑斯山南麓，流经曼图亚，汇入波河。

220　凯撒，见注17。

阿尔甫斯河和摩罗库斯的森林[221]，投身于激烈的竞走和血腥的搏击。而我，头戴橄榄枝编成的花环，将亲自为他们颁发奖品。此刻，我亟欲率领庄严的队列走向诸神的殿堂，目睹屠宰牺牲，观看绣有番邦人物的猩红帷幔徐徐拉开[222]，展露出舞台变幻的景象。在圣殿的大门上，我要饰以黄金和象牙的雕刻，再现恒河之畔的战役和奎里努斯的得胜之师[223]，以及兵火正炽的尼罗河的洪流[224]，并且要为高耸的圆柱装配敌舰的青铜鹢首[225]。我还要在画面中添加归顺的亚洲城邦、失

221　阿尔甫斯河（Alpheus），希腊南部河流，流经古代奥林匹克运动会会址所在的奥林匹亚地区。摩罗库斯（Molorchus），传说为赫拉克勒斯在尼米亚（Nemea）创办竞技会时的东道主。

222　番邦人物，原文"Britanni"，直译当作"不列颠人"，暗示尤里乌斯·凯撒于公元前55年至前54年对不列颠的攻略。

223　奎里努斯（Quirinus）本为萨宾人的神祇，后亦为罗马人所祀奉，共和国后期更将其与罗慕路斯视为同一人。所谓"奎里努斯的得胜之师"（victorisque arma Quirini），意即"获胜的罗马军队"。参看注103、注157。

224　公元前31年，屋大维在亚克兴海战中击溃马克·安东尼和埃及女王克利奥帕特拉的联军，继而挥师攻克埃及，结束了托勒密王朝的统治并将埃及置为罗马帝国的行省。

225　此句原文为"navali surgentis aere columnas"，因省略了谓语动词，故而在理解上遂不无分歧。译者所见英译本多以"navali aere"为敌方战舰的青铜船首（prows of bronze），取之作为"surgentis columnas"（高耸的圆柱）的装饰（clad with or decorated with），此从之。唯C. D. Lewis译作："Columns rising cast from the bronze of warships"（耸立的圆柱以战舰的青铜构件铸造），Lyne在注释中援引卡西乌斯《罗马史》称："在亚克兴缴获的青铜船首被铸造为圆柱，立于罗马广场上的尤利乌斯·凯撒祠庙内，以表彰屋大维所取得的胜利。"（Dio Cassius, LI. 19.2）姑录于此，以备考核。参阅Lyne in Lewis, 2009, p142, n.29。

守的尼法特斯[226]，只知临阵脱逃及反身放箭的帕提亚人[227]，还有从不同的敌人手中缴获的两件战利品，借以纪念在大洋两岸取得的二度大捷[228]。用帕罗斯之石雕刻的人像岸然屹立[229]，栩栩如生，他们是阿萨拉库斯的后嗣，朱庇特族裔的英杰，我们的祖先特洛斯和特洛伊城的建造者钦图斯之神[230]。面对复仇女神和阴森的冥河[231]，以及伊克西翁的蟒蛇和巨轮[232]、冥

---

226 尼法特斯（Niphates），亚美尼亚境内山脉，今称阿里－达吉山（Mt. Ali-Daghi）。

227 帕提亚人（Parthus *pl.* Parthi），兴起于伊朗高原的古代民族，公元前3世纪至公元3世纪之间曾统治西亚地区，建立帕提亚帝国。

228 有研究者认为"不同的敌人"（diversus hostes）指居住在今比利时境内的莫里尼（Morini）部落和巴尔干半岛的达马提亚人（Dalmatians）。也有人认为此处所言涉及奥古斯都在公元前27年至前25年对西班牙的征服，以及公元前21年至前20年在近东取得的胜利，并据此推断此数行诗句为全诗脱稿后所增补。参阅 Lyne in Lewis, 2009, p142, n.33; Mackenzie, 1969, pp. 93–94, n.50。

229 帕罗斯之石（Parii lapides），采自帕罗斯岛（Paros）的云石，是制作雕刻的上佳材料。帕罗斯为基克拉泽斯群岛第四大岛，处于爱琴海的中心位置。

230 特洛斯（Tros），传说中的特洛伊第四代国王，特洛伊即以他的名字命名。阿萨拉库斯（Assaracus），特洛斯之子，埃涅阿斯（Aeneas）的曾祖父。（Homer, *Iliad* XX. 213-240）另，传说特洛伊开国君主达丹努斯（Dardanus）为大神朱庇特之子，故称特洛伊人及其罗马后嗣为朱庇特的族裔。参看注180。钦图斯之神（Cynthius），指阿波罗。因阿波罗及其胞姊阿耳忒弥斯出生于德罗斯岛的钦图斯山（Cynthus），故有此称。参看注214。

231 复仇女神，见注78。

232 伊克西翁（Ixion），拉庇泰人的首领，曾设计陷害其岳父，又欲亵渎天后赫拉，被宙斯捆缚于转动不休的巨轮上，在地狱中受无尽之苦。参看注245。（Virgil, *Aeneis* VI. 601; Ovid, *Metamorphoses* IV. 465）

顽不化的石头[233]，偏狭的嫉妒必畏葸退缩。同时，我们将探访德吕娅众仙的森林和阒无人迹的幽谷[234]，麦凯纳斯啊，你所委派的使命非同等闲。倘无阁下的启迪，我的诗兴将难以勃发。开始吧，请制止我的因循延误。吉泰隆以宏大的声音发出呼唤[235]，泰格图斯的群犬[236]、埃皮道鲁的驯马人一同响应[237]，莽莽山林传来双重的回声。再者，我还准备记载凯撒的赫赫武功，使之名垂千秋，一如凯撒绍承了提托诺斯的古老家系[238]。

[49] 有人艳羡奥林匹克的褒奖[239]，故而养马；有人需要

233　原文"non exsuperabile saxum"（不可制服的石头），暗用西西弗斯的典故。按：西西弗斯（Sisyphus）本为科林斯王，为人足智多谋，因告发宙斯的劣行并拘禁前来问罪的死神，最终被打入冥间，众神罚他将一块巨石推上高坡，但每至坡顶，石头就会落下，以是西西弗斯的劳役终而复始，永无尽期。（Homer, *Odyssey* XI. 593–600.; Horace, *Carmina* II. 14.20; Ovid, *Metamorphoses* IV. 459）

234　德吕娅众仙，见注7

235　吉泰隆（Cithaeron），希腊中部山脉，位于维奥蒂亚与阿提卡边境，为两地的天然分界线。

236　泰格图斯，见注197。

237　埃皮道鲁（Epidaurus），希腊伯罗奔尼撒半岛东北部城市，或谓当地出产良马。一说Epidaurus系Epidamnus之讹，后者为科林斯人在伊庇鲁斯建立的殖民城市。对照卷一"伊庇鲁斯则有博取头彩的良马"，参阅Lyne in Lewis, 2009, p.143, n.44; Fantham in Fallon, 2009, p.102, n.43–44。

238　提托诺斯，见注95。按：特洛伊国王拉俄墨冬有二子，长子普里亚姆（Priam）继位，在特洛伊战争中遇难，次子即提托诺斯。参看注106。

239　古代奥林匹克运动会大约起源于公元前8世纪，是厄里斯人（Eleus）为祭祀宙斯而创办的竞技会，四年一届，在伯罗奔尼撒半岛西部的奥林匹亚（Olympia）举行，设有赛马和赛车的项目。

负轭挽犁的牲口，故而饲牛。无论如何，首要之事是辨识母畜的身形。良种之牛多呈凶相，面目丑陋，脖颈粗壮，赘肉从下颌悬垂至两腿之间，而且腰胁特长，四足健硕，弯曲的犄角下，生就一对毛茸茸的大耳。我不讨厌有白色斑点或抗拒犁轭的母牛，时而发怒用犄角抵人，外表更像一头公牛，体型高大，行路时以尾稍扫去自己的蹄印。母牛适当的配种和产犊年龄从四岁开始，至十岁终结，此外则不宜生育，亦无充沛的体力犁地耕田。趁牲畜年轻力壮，应放纵公牛，尽早令其求偶交配，从而繁育一代又一代的牛犊。对可悲的众生而言，生命的美好岁月转瞬即逝，疾病、凄凉的晚年及艰难困苦随之而来，冷漠无情的死亡必毁灭一切。无论何时，总会有你意欲淘汰的体格欠佳之劣牛，你尽可随时以新代故；为了不致因减损牲口而追悔莫及，就要早作打算，每年都选育新生的幼犊。

[72]同样，养马也要经过严格的挑选。作为种马饲育的马驹，自其幼年就要给予特别的照顾。一旦进入旷野，品种名贵的马驹必定举足高迈，落脚轻盈，总是率先上路，敢于涉渡激流，且能自信地跨越未曾经过的桥梁，无惧风吹草动的骚屑之声。良马脖颈高昂，头面清秀，肚腹紧短，背脊肥腴，挺起的胸膛肌肉发达。毛色以赤、青为优，白、黄为劣。每当远方传来剑戟的铮鸣，此马即躁动不安，只见它双耳耸立，四腿蹬踏，鼻孔喷出聚集的火焰。好马鬃鬣浓密，

扬起时飘垂右肩；腰脊有双重的突起，顿足地陷成坑，结实
的巨蹄发出沉重的声响。这便是阿密克雷的波鲁克斯执缰驯
服的吉拉鲁斯[240]，希腊诗人所吟咏的名马，战神的双骥[241]，大
英雄阿喀琉斯的骖驾[242]。这也是萨图本人的化身，当其悍妻
来临时，他机敏逃脱，任脖颈扬起长鬃，凄厉的嘶鸣响彻
佩里翁的高地[243]。然而，若此马身染沉疴，或因年迈而衰颓，
请囚之于厩闲，不必怜恤其老丑之姿。它已冷淡寡欲，仅可
勉强从事无益的劳作；纵使走上战场，也只能虚张声势，犹
如大火燃及残梗断蓬，已难焕发熊熊威力。因此，首先要记
录马驹的性情和年齿，还有它们的长处及其父母的血统，它
们失败或成功之际各自表露的痛苦和豪迈。君不见，比赛场
上竞争激烈，战车如潮水般涌出栅栏，年轻的御手希望高
涨，阵阵恐惧淹没了每一颗跳动的心？他们扬臂挥舞皮鞭，

---

240 波鲁克斯（Pollux），希腊名波吕丢刻斯（Polydeukes），与其孪生兄弟卡
斯托尔（Castor）合称"神之子"（Dioscuri），其生父一说为大神宙斯，一说为斯
巴达王廷达瑞俄斯（Tyndareus）（晚期传说谓前者为宙斯之子，后者为廷达瑞俄斯
之子）。两人善搏击，精骑术，曾驯服海王波塞冬的爱马吉拉鲁斯（Cyllarus）。阿
密克雷（Amyclae），伯罗奔尼撒半岛东南部古城，波鲁克斯和卡斯托尔的出生地。
（Homer, *Iliad* III. 236-242; *Homeric Hymn* XXXIII）

241 战神，见注108。

242 阿喀琉斯（Achilles），荷马史诗《伊利亚特》中的英雄，弗提亚国王
佩琉斯（Peleus）和海中仙女特提斯（Thetis）之子，以骁勇善战著称，在特洛伊
战争中曾杀死敌方主将赫克托尔（Hector）。为阿喀琉斯驾车的骏马名为克桑图斯
（Xanthus）、巴利乌斯（Balius）。（Homer, *Ilyad* XVI. 147-151）

243 萨图（克洛诺斯）追求仙女菲吕拉（Philyra），被他的妻子莱亚发现，情
急之下，他变为一匹马逃之夭夭。（Apollonius Rhodius, *Argonautica* II. 1231-1241）
萨图，见注84。佩里翁，见注81。

俯身松开缰绳，竭尽全力令炽热的轮轴旋转如飞，时而低伏，时而高昂，犹若凌空轻举，似欲直上九霄。莫迟延，莫停歇，但见黄尘滚滚，一如云烟弥漫。后进者呵气成雨，前驱者脊背全湿，个个争先恐后，唯愿一举夺魁。当初，厄利克顿率先以驷马驾车[244]，故能催轮疾驰，居于不败之地。在派勒特罗尼亚，精通骑术的拉庇泰人又发明了辔头[245]，开辟了驯马场，教全副披挂的骑手策马腾跃，轻快地迈开高傲的步伐。无论作何役使，驯马师寻求良驹，一律要求精神健旺，善于奔跑，而不问此马在战场上曾退敌几何，即便其故乡在伊庇鲁斯或英勇的迈锡尼[246]，祖源可追溯至尼普顿的神骏[247]。

[123] 牢记各项要点，人们用尽心思，在适当的时机为选定的头马和马群的种马增膘。他们收割开花的苜蓿，预备清水和谷物，唯恐愉快的工作令马儿劳累过度或种马缺乏营养而贻患于羸弱的后代。但是，他们却有意为母马减肥，待

244　厄利克顿（Erichthonius），神话中的雅典先王，据说他开创了赛车竞技。（Eratosthenes, *Catasterismoi* 13）

245　拉庇泰人（Lapithae），传说为居住在色萨利（Thessaly）的古代部族。派勒特罗尼亚（Pelethronia），色萨利北部地区。

246　伊庇鲁斯，见注28。迈锡尼（Mycenae），伯罗奔尼撒半岛北部古代城市，荷马史诗中希腊联军统帅阿伽门农（Agamemnon）的都城，19世纪以来在该地发现了青铜时代晚期的多处重要遗址。

247　参看注8。

本能的欲望促使群马开始交配，索性不喂它们草料，禁止它们前往泉边饮水。当晒谷场在连枷的击打下苦苦呻吟，糠皮随骤起的西风四散飞扬，他们经常驱使母马不断奔跑，在炎阳下饱受煎熬。他们如此行事，只为防止多产的田地因过分保养而降低其功效，或者荒废的垄沟被泥土壅塞，实乃希望它们如饥似渴地接纳爱情的种子，将其深深地埋藏在体内。随后，对公畜的照顾退居次位，应该优先母马的待遇。在它们怀孕有月，拖着沉重的身子四处游荡之时，不要逼迫它们驾辕拉车，不要鼓励它们一跃横跨道路，飞快地驰过草地，或者泅渡凶险的激流。人们进入空旷的峡谷，沿着新涨的溪涧放牧。陇畔莓苔丛生，岸边蔓草青葱，有洞穴可避风雨，有岩曲可乘阴凉。希拉鲁斯的丛林间和阿布努斯碧绿的冬青树周遭聚集着一种飞虫[248]，罗马人名之曰"牛蝇"，希腊人谓之为"牛虻"[249]。这种飞虫性情凶猛，鸣声震耳；遇见它们，畜群就会惊恐地逃散在树林里。它们的喧嚣使得空气、树林和干涸的唐纳哥河的堤岸几欲疯狂[250]。昔日朱诺下蛊加害伊

248　希拉鲁斯（Silarus），今名塞勒河（Sele River），意大利南部河流，发源于卡波塞勒（Capocele）的皮肯替尼山（Mt. Picentini），流经坎帕尼亚地区，汇入第勒尼安海。阿布努斯（Alburnus），意大利卢卡尼亚地区山脉。

249　牛蝇、牛虻，原文分别为"asilus"和"oestrus"（源自古希腊语的oistros），指的都是双翅目虻科的一种昆虫，学名Tabanus，形似蝇而稍大，雌虫吸食牛、马的血液，危害家畜。

250　唐纳哥河（Tanager），今名唐纳格罗河（Tanagro River），塞勒河支流，参看注248。

纳库斯的"牛女"时，就曾借此妖物发泄中烧的怒火²⁵¹。炎热的正午，牛蝇肆虐尤烈，必须让怀胎的母牛远离此害，趁旭日初升或晚星照临再去放牧。

[157] 牛犊出生之后，要将全副心思转移到它们身上，及时给它们打烙印，标明种群的名称。何者意欲饲养育种，何者留作献祭的牺牲，抑或用以犁地，翻开遍布土块的瘠硗田土，务须一一明确区分。其余的牲畜都要在绿草如茵的牧场放养，至于你要驯服以备农垦之需的耕牛，就该趁其年纪尚幼且性情温顺，尽早激励它们进入训练的轨道。首先给牛犊肩头拴上用柔嫩的柳条编成的宽松箍圈，待伸屈自如的脖颈习惯约束，以二牛为对连结项圈，促其同步行走；然后令二牛驾空车反复越过原野，在尘土表面留下浅浅的辙迹；最终让榉木制成的轮轴在沉重的负荷下吱吱作响，黄铜包裹的车辕带动双轮一齐旋转。同时，你不能只拿草料或萧疏的柳叶、沼泽的蒲萹喂养尚待调教的幼犊，要给它们提供亲手采收的谷物饲料，也不要沿袭先辈的旧习，将雪白的乳汁挤满大桶，应该让母牛竭尽乳房的储存哺育至亲的后代。

251　朱诺（Iuno），罗马宗教的天后，神王朱庇特之妻，对应于希腊的赫拉（Hera）。因为朱庇特爱上了阿戈斯国王伊纳库斯（Inachus）的女儿伊奥（Io），朱诺将伊诺变成了一头母牛，并驱使牛虻骚扰她，使她四处流浪，直至被朱庇特恢复人形。

[179] 如果你有志效力行伍，建功疆场，或沿匹萨的阿尔甫斯河催轮疾驰[252]，在朱庇特的圣林间驱车飞奔[253]，那么马的首要任务就是见惯勇士的英姿和弓刀，承受号角的悲鸣，忍耐轮毂的呻吟，倾听厩圈里嚼子的响动。随之，它会越来越得意师傅亲切的夸奖，也益发喜欢拍打它脖颈的声音。马驹刚刚断奶，就要鼓励它多经历练，时时给它戴上柔软的笼嘴，尽管它身躯柔弱，四腿发抖，对生命的意义茫无所知。整整三个夏季过去，第四个夏季来临，教它绕着圈子行走，蹄声均匀，交替弯腿，一如在劳作中之所为。继而令其追风飞奔，以脱缰之势，疾速越过开阔的空地，在沙土的表面几乎不落蹄印。聚集的北风从叙佩博勒的海岸呼啸而来[254]，裹挟着斯基泰的寒气和干燥的云朵[255]，茂盛的庄稼和连绵的沼泽在飒然而至的阵风中战栗，林梢发出喧哗，长流涌上涯岸；继而风势大作，吹过田野，吹过海洋。如此良马，或将奔向厄里斯的终点[256]，浑身冒汗，口中含血，驰骋在赛场漫长的跑道上；或将高昂矫健的脖颈，更为娴熟地驾起贝尔加

252　匹萨（Pisa），伯罗奔尼撒半岛西部城镇，位于奥林匹克竞技会场附近。阿尔甫斯河，见注221。

253　朱庇特，见注40。

254　叙佩博勒（Hyperborei），希腊神话中"北风之外的民族"，据说他们居住在极北之地的乐土，享寿千年，得到神佑的凡人死后会前往该地，与他们共同生活。由此派生的形容词hyperboreus泛指北极圈附近的区域。（*Homeric Hymns* Ⅶ. 28-29; Horace, *Carmina* Ⅱ. 20.16）

255　斯基泰，见注70。

256　厄里斯的终点（Elei meta），即奥林匹克竞技会的跑道终点。参看注239。

的战车[257]。最终，当马驹被降服时，给它们喂粗粝的混合饲料以增强其体魄，因为它们心高气傲，此前从未屈从皮鞭的抽打或接受严苛的管教。

[209] 无论选择养牛还是看重马的用途，要充实牲畜的力量，最好的办法莫过于抑制它们的欲望及无那春情的撩拨。因此，必须将公牛驱赶到山冈背面和大河对岸遥远而寂寥的牧场，否则就将它们关闭在草料富足的圈舍之内。一旦遇见母牛，公牛必定欲火中烧而消耗体力。母牛温存的引诱使公牛忘记丛林和草场，而且常常会激发轻狂的情敌相互角抵，一决胜负。在希拉的大森林里[258]，放养着一头美丽的母牛。为讨其欢心，公牛轮番力战，虽负伤累累而血流遍体，仍奋起头角，眈眈相向，震怒的咆哮在密林和长天之间久久回响。竞争对手不惯同槽共食，失败者黯然离去，远走陌生的他乡。它为自己蒙受的羞辱、高傲赢家的打击，以及情场失意又无力雪耻而哀伤悲叹。它眷恋棚栈，却不能不离别祖先的领地。是故，它发愤图强，在峻嶒的岩石间寻觅栖身之地长卧终宵，以芜杂的木叶和尖锐的莎草果腹，同时考验自身，试图将满腔怒火倾注于一双犄角，猛烈攻击树干，向空

257　尤利乌斯·凯撒将高卢人分为三部，即贝尔加人（Belgae）、阿奎塔尼人（Aquitani）和凯尔特人（Celtae），贝尔加人居莱茵河以西，塞纳河以北，在三部中势力尤盛。（Julius Caesar, *Commentariorum Libri de Bello Gallico* I.1）按：罗马人不谙车战，但在赛车时可能采用了贝尔加人的战车。

258　希拉（Sila），意大利半岛南端的林区。

穴来风发起挑战，并且扬起阵阵沙尘以壮声威，准备迎接即将来临的战斗。当体力渐增，元气恢复，它必定重整旗鼓，勇往直前，冲向毫无防范的仇敌。如同碧海泛起白浪，一弯大潮自远方滚滚而来，扑向陆地，在岩礁上发出轰鸣，随即如山崩般塌落；浪头之下，涡流涌动，卷起黑色的沙砾。

[242] 大地上一切族类，人、兽，以及水族、家畜、羽色缤纷的飞禽，无不投身欲望的烈火，感受同一的"爱"[259]。发情的季节，母狮会遗弃幼崽，杀气腾腾地徘徊在原野上；颠顶的熊将在丛林里制造多起血案和大量的灾难；野猪更为乖张，乳虎极其凶狠，啊，此时胆敢浪迹利比亚的荒漠必定遭殃[260]！君不见，当熟悉的气味随风飘来，种马即浑身痉挛，战栗不已？人为的缰锁、暴烈的鞭笞，如今已不能拘禁此马，悬崖峭壁、洞穴峡谷，以及横流的河水，纵有怀山襄陵的气势，也不能阻碍它一意前行。萨宾的封豕东冲西突[261]，磨砺獠牙，以足爪刨土，就树干擦身，忽左忽右，直至其肩膀皮糙肉厚，不易受伤。可还记得那名青年，刻骨铭心的爱令他激情燃烧？漆黑的夜晚，风狂雨骤，他独自泅渡海峡。天庭之门訇然震响，惊涛拍岸，声如雷鸣。孤苦的二

259　原文"Amor omnibus idem"，意为："爱"之于众生为一，Fairclough英译为："all feel the same Love"，此从之。

260　利比亚，见注71。

261　萨宾，见注157。

老无法将爱子唤回，那伏尸而亡的姑娘也不能使他复活[262]。可还记得为酒神驾车的猞猁、狼与犬的奸恶党徒，以及驯良的牡鹿之间的决斗？当然，母马的疯狂无可比拟，爱神亲自激发了它们的欲念，于是四匹泼特尼的良骥以口齿撕裂了格劳库斯的肢体[263]。情欲引导它们跨越加加拉和喧腾的阿斯卡纽斯[264]，攀登山峰，涉渡河水。当欲火潜入渴望的心底（尤其是在阳春时节，因为热情已重归它们胸中），群马回首猎猎西风，全体屹立悬崖之上，呼吸清新的空气。往往，未经媾合交接，感和风而有孕（奇妙的故事）[265]。它们越过冈峦，分散于幽深的峡谷，不是面向东风吹来和旭日升起的方向，而是直对正北方和西北方，或者冥漠的南风始兴，在天边酝酿愁云冷雨的地方。唯有此时，牧人称之为"马溺"的黏液

---

262 这是一个流传颇广的爱情故事：青年男子利安德（Leander）与爱神的女祭司赫洛（Hero）分别居住在赫勒斯滂海峡（Hellespontus，今达达尼尔海峡）的东西两岸，利安德深爱赫洛，每夜泅渡海峡与心爱的姑娘相会，而赫洛则点亮塔楼上的灯火为其照明。在一个暴风雨之夜，火光被风吹灭，利安德迷失方向，溺水身亡。当其尸体被波浪冲到赫洛面前时，赫洛亦自尽殉情。（Ovid, *Heroides* XVIII - XIX）

263 科林斯王格劳库斯（Glaucus）拥有四匹维奥蒂亚的骒马，但不允许它们交配生育。在一次赛车失败后，群马受爱神鼓动，咬死了格劳库斯并吞食了他的尸体。泼特尼（Potniae），维奥蒂亚地名。

264 加加拉，见注38。阿斯卡纽斯（Ascanius），小亚细亚地区河流，传说为美少年许拉斯失踪之处。参看注213。

265 骒马因风受孕的说法最早见于荷马史诗，其后又有多位古典作家述及"风生马"（hypenemia）。瓦罗认为这一难以置信之事发生在卢西塔尼亚（Lusitania，今西班牙西部及葡萄牙全境），而"风生马"最多只能活三年。（Homer, *Iliad* XX. 223-229; Aristotle, *Historia Animalium* VI. 18; Varro, *Rerum Rusticarum de Agri Cultura* II. 1.）

才会从骒马的腹股间流泻而出[266]。黑心的继母每喜采集此物，合以草药，再添加恶毒的咒语。

[284] 你我谈兴正浓，细说端详之时，光阴飞逝，一去不返。关于牛马已经议论颇多，还有一项任务不可忽略，那便是放牧鬈毛的绵羊和长毛的山羊。劳作固然辛苦，健壮的农夫啊，但可望获得美好的名声[267]。我自然明白，要用言辞赢得成功并赋予平凡之事以荣光是何等不易。然而，温存的情意催促我登上帕纳索斯荒凉的峭壁[268]。在高山之上漫步，沿着前人足迹未到的缓坡寻访卡斯塔利亚的源泉堪称快事[269]。如今，备受尊崇的帕勒斯，我们应该放声高唱！

[295] 首先要申明，绿荫婆娑的夏日匆匆归来之前，绵羊必须饲养在舒适的圈舍里，在坚硬的地面铺满秸秆和大把的蕨薇，以防冰霜凛冽伤及柔弱的幼羔，使它们罹患冻疮和

266　马溺，原文"hippomanes"，源自古希腊语的hippo（马）和manes（疯），指母马发情时阴道流出的分泌物。译为"马溺"，意在谐"manes"之音，与《本草》所载"白马溺（尿）"无关。另，"hippomanes"亦指马驹出生时头顶的肉瘤，名同而实异，亚里士多德在《动物志》中就此二义做了辨析。（Aristotle, *Historia Animalium* VI.18, VIII.24; Virgil, *Aeneis* IV.516）

267　瓦罗阐述了畜牧业的起源和意义，强调罗马民族的祖先和古代的名人都是牧人，希腊、罗马的诸多地名也与畜牧有关。（Varro, *Rerum Rusticarum de Agri Cultura* II.1）

268　帕纳索斯，见注114。

269　卡斯塔利亚（Castalia），帕纳索斯山的圣泉，古人相信饮用此泉之水可获得诗歌创作的灵感。（Horace, *Carmina* III.4.61）

丑陋的腿脚糜烂病。此外，我建议给山羊喂带叶的杨梅，提供纯净的溪水。当寒光闪闪的宝瓶座行将沉没[270]，以瀼瀼零露为旧年送终之际，请将羊圈设置于避风之处，朝南，面向冬季的太阳。说到山羊，我们对它们的照顾同样不能稍有懈怠，而它们的回馈也不亚于绵羊，虽然米利都羊毛以"泰尔紫"染色可售得善价[271]。它们子孙繁衍，大量产奶，从涸竭的乳房流入木桶的羊奶泡沫愈多，再次挤压乳头，乳汁必流淌成河，愈加丰沛。而且，牧人从吉尼浦斯山羊灰色下颌剪取的胡须并不嫌少[272]，还有浓密的鬃毛，可用于制造帐房，亦可为可怜的船员织成篷布。人们在吕凯乌斯的林间和山顶放牧[273]，那里有多刺的树莓和性喜高寒地带的灌丛。母羊不会忘记带领它们的幼羔回家，但鼓胀的乳房几乎不能越过门槛。因此，它们越是不要求主人的关照，你就更应该热忱地为它们遮挡风霜，满心欢喜地给它们送来谷物和草料，整整一冬都不要封闭自家的干草棚。

[322] 当欢乐的夏日应西风的召唤将羊群送入林地和

270　宝瓶座（Aquarius），黄道十二星座之一。

271　米利都（Miletus）是小亚细亚西海岸的一座古希腊城邦，当地所产羊毛被普林尼列为第三等。（Pliny, *Natutalis Historia* Ⅷ. 190）"泰尔紫"（Tyrius rubor），从骨螺鳃下腺中提取的紫红色染料。（ibid Ⅸ. 135）

272　吉尼浦斯（Cinyps），利比亚境内河流，由此派生的形容词"Cinyphius"亦用作非洲的代称。

273　吕凯乌斯，见注11。

牧场，趁曙光熹微，草色苍苍，嫩芽上的露珠令羊儿倍觉香甜[274]，让我们伴随晨星前往凉爽的空旷之地。此后，白昼的第四个时辰使人畜焦渴难耐[275]，哀怨的蝉鸣响彻园圃，我将带领羊群到井台和池塘旁，教它们畅饮从橡木制成的水槽里涌出的流水。炎热的正午，要为它们寻找一处阴凉的溪谷，那里有朱庇特的参天巨橡[276]，古老的树身张开粗壮的枝干；或者进入一片林地，茂密的冬青葱郁幽暗，四周布满肃穆的阴影。最终，要再次提供饮水，再次赶它们吃草，直至夕阳西沉，寒星荧荧，空气清新，山林在湿漉漉的月影下重现生机。岸边，翠鸟鸣啭；叶底，黄雀歌唱。

[339] 我该不该为你叙说利比亚的牧人[277]，以及他们的牧场和聚居地零零落落的窝棚？不分昼夜，他们的羊群整月游荡在广袤的荒漠，没有遮风蔽日之所，唯见平野茫茫，绵延无际。非洲的牧民携带着他们的全部家当——屋舍、炉灶、武器，以及阿密克雷的獒犬和克里特人的箭袋[278]——犹如为国从戎的罗马勇士，身负沉重的背囊急速行军，侦知大

274　原文"ros in tenera pecori gratissimus herba"，借用了作者《牧歌》之八中的诗句。（Virgil, *Bucolica* VIII. 15）

275　罗马人以日出为一日之始，所谓"第四个时辰"（quarta hora），约当上午10时。

276　朱庇特，见注40。

277　利比亚，见注71。

278　阿密克雷，见注240。克里特（Creta），希腊最大岛屿，位于地中海东部，希腊本土的东南方。

敌当前，方才压住阵脚，安营扎寨。但是，生活在麦欧提斯海滨的斯基泰诸部则迥然不同[279]。那里，混浊的赫斯特河卷起黄沙[280]，罗多彼的群峰向后退缩[281]，连亘至地极的中轴。人们将牛羊圈养在牢笼里，因为旷原上寸草不生，枝头亦难觅一片绿叶。大地莽莽苍苍，莫辨险夷，掩埋在七寻深的积雪和层冰之下[282]。此地终古严寒，朔风长吹，无论日神的骏马登上天庭，抑或其车驾没入殷红的汪洋，阳光从未驱散灰白的阴霾。冰面瞬间覆盖了奔腾的流水，河道承载起包裹铁皮的轮辋，以往日运送船舶的善意，迎来了宽大的车辆。铜器破裂，衣服僵硬，人们用刀斧劈开封冻的酒液；一泓湖水凝沍为坚实的寒冰，错杂的冰凌黏结在蓬乱的胡须上。大雪纷纷，弥天飞舞。牝牛已死，体格健壮的公牛伫立四周，身披银霜；挤作一团的群鹿早已冻僵，在堆积的新雪间仅仅露出犄角的尖端。人们并不放狗或张网捕捉麋鹿，也不会挥舞赤色的羽毛恐吓它们，而是趁麋鹿徒劳地挺胸冲撞雪堆，才手持利器，怒吼着将它们虐杀，然后大呼小叫，兴高采烈地把猎物抬回家中。居民住在隐蔽的地穴里，无忧无虑、悠闲度日，他们砍来大堆的木柴，甚至整株榆树，将柴薪投入熊熊的炉火。在此，人们寻欢作乐，消磨长夜，以发酵的麦汤和

279　斯基泰，见注70。麦欧提斯（Maeotis），亚速海（Sea of Azov）的古称。

280　赫斯特河，见注200。

281　罗多彼，见注83。

282　"寻"，原文"ulnas"（ulna的复数宾格），本意"肘"，用为长度单位，约合115厘米。《孔子家语》曰："布指知寸，布手知尺，舒肘知寻"，故译为"寻"。

酸涩的果汁代酒畅饮。这就是生活在北斗七星之下的叙佩博勒人[283]，一个狂放不羁的民族，饱受里法厄的东风吹打[284]，身穿褐色的皮袄。

[384] 如果看重羊毛的生产，首先要芟除芜杂的稗子和蒺藜，避开丰美的草场，而且一定要选育毛质柔软的白羊。不过，即使一头公羊通体洁白，但湿润的腭底生有一条黑舌，就该将其淘汰，以免给新生幼羔的毛皮染上深色的斑点，同时要在兴旺的牧场内寻找另一头公羊加以替换。假定传言可信，阿卡迪亚的潘神正是以雪白的羊绒作为礼物，将月神引诱至密林深处，而月神竟未拒绝他的召唤[285]。

[394] 但是，倘若希望多产羊奶，就要亲手采来大量的苜蓿和莲叶，在羊圈里堆满盐渍的草料。母羊越渴望饮水，它们的乳房越饱满，挤出的羊奶会有一丝淡淡的咸味。许多人在羊羔初生时就把它们和母羊分开，还给它们戴上包裹铁皮的笼嘴。清晨或白天挤的鲜奶，夜间压制为乳酪；日落时分和天黑之后挤的鲜奶，拂晓加工为乳酪。牧人将乳酪装在

---

283 叙佩博勒人，指上文所谓的"斯基泰诸部"，参看注254。诗人对该民族艰苦生活环境的描述颠覆了古希腊人关于"北方乐土"的美好想象。

284 里法厄，见注70。

285 据古代注释家的说法，潘神以羊毛为伪装，将月神引诱至林间与其做爱的故事出自尼坎德（Nicander公元前2世纪）的著作。（Servius, ad loc; Macrobiius, *Saturnalia* V. 22.9-10）

篮筐内送往城里，或者加少许食盐腌渍，以便贮存过冬。

[404] 你也不应将养狗之事置诸脑后，但要挑选敏捷的斯巴达狗崽和凶猛的莫洛西斯猎犬[286]，饲之以淳浓的乳汁。有家犬守护，你不必担心盗贼或饿狼夜闯羊圈，也不用忧惧来犯的西贝鲁斯人从身后偷袭[287]。你可以经常追踪胆怯的野驴，驱使猎犬捕杀狡兔和獐鹿，也可以凭借群犬的猎猎吠声，一再从林间的巢穴内惊起野猪，或者在高大的山丘上放声呐喊，令硕壮的牡鹿落入预设的罗网。

[414] 切记，要在羊圈里焚烧芬芳的香柏叶并释放白松香的烟气以驱除可恶的水蛇。在固定的窝棚之下，往往会有蟒蛇潜入，触之必伤人，见光则畏缩退避。还有一种蝮蛇，是牛群的克星，通常蛰伏于阴暗的屋内，紧贴地面，在牲畜间喷洒毒液。抓起石头，紧握木棒，牧人们，当其气势汹汹地抬头，鼓动嘶嘶作响的脖颈，务必手起棒落，迎头痛击！它张皇逃遁，深藏起卑怯的头颅，盘旋的躯体和扭摆的尾梢渐次舒展，缓慢地拖拽着最后一圈缠绕的腰身。在卡拉布里亚的丛林里[288]，另有一种致命的毒蛇，圈转鳞甲参差的脊背，

286　莫洛西斯（Molossis），伊庇鲁斯地区古国。斯巴达和莫洛西斯均出产大型猛犬。（Aristotle, *Historia Animalium* IX.1.2）

287　西贝鲁斯人（Hiberus），居住在今西班牙的古代民族。

288　卡拉布里亚（Calabria），意大利半岛东南部地区。

挺起胸脯，修长的腹部露出大块的斑点。每逢溪流从源泉涌
出，大地因春日的潮气和带雨的南风而润泽，它就会出没于
池沼，栖息在岸边，贪婪地以鱼类和聒噪不休的青蛙填饱黑
色的胃囊。当薮泽涸竭，沼地不耐酷热而龟裂，它又会流窜
至干燥之处，转动燃烧的双眼，在田野里逞其威风，因焦渴
而愤怒，缘炎暑而狂躁。啊，不要让我沉湎于露天的小睡，
躺卧在高树环绕、绿草如茵的山坡上，此时蟒蛇已经蜕皮，
它们青春焕发，匍匐前行，将小蛇或蛇卵留在巢穴内，昂首
向阳，口边时时闪露分叉的舌头。

　　［440］还有疾病的起因和症候，我也要为你细细分说。
当冰冷的雨水或冬日的严霜侵入肌肤，肮脏的汗水附着于剪
短的绒毛，或者槎枒的荆棘划伤皮肉，羊群就会感染糜烂的
疥疮。因此，主人要在清澈的溪流中为它们洗澡，将公羊浸
入深水，一任濡湿的长毛顺流漂浮。不然就在剪毛之后，给
羊儿身上涂抹苦味的油渣，要掺入银屑和天然硫黄，添加
伊达的柏油[289]、多脂的黄蜡、海葱、腥臭的藜芦和黑色的沥
青[290]。但是，任何办法都不如用铁器切除疮口更为有效。如
果牧人拒绝动手疗伤，只是祈求神灵保佑并坐等天赐吉兆，

289　伊达，见注123。

290　海葱（scilla），学名Ornithogalum caudatum，又称虎眼万年青，百合科
虎眼万年青属多年生草本植物，其汁液有镇痛消炎的功效。藜芦（elleborus），学名
Veratrum nigrum L.，百合科藜芦属多年生草本植物，根茎可入药。

则病情隐匿日久，必然酿成大患。不，当痛彻骨髓，羊儿狂躁哀鸣，肢体滚烫，最好为它们退烧，割开蹄跖的血管，令鲜血汩汩流出，一如比萨尔塔人惯常所为[291]，或如坚毅的盖洛诺斯人[292]，他们流浪在罗多彼和格塔的荒野[293]，饮用混合了马血的凝乳。你可曾见到一只绵羊每每躲在绿荫之下，或者跟在羊群后面，无精打采地啮食草叶的芽尖，或者卧倒在牧场中央，直至夜幕降临才踽踽离去？趁可怕的瘟疫尚未在懵然无知的羊群间扩散开来，立即用利刃祛除罪恶的病根。从海面上卷起暴雨的飓风，也不及在羊群间传播的瘟疫来势凶猛。疾病并非袭击了几头羊，而是横扫了夏日的宿营地，毁灭了羊群及其希望，从根本上断绝了整个种群的繁衍。试看高耸入云的阿尔卑斯山、诺里库姆丘陵上的城堡和提玛乌斯河畔伊阿庇德人的原野[294]，经历了漫长的岁月，仍然能够发现牧人废弃的领地和无人经管的广袤牧场。

291　比萨尔塔人（Bisaltae），生活在斯特吕蒙河流域的色雷斯部族，参看注39。（Livy, XLV. 29）

292　盖洛诺斯人，见注142。

293　罗多彼，见注83。格塔（Getae），色雷斯人的分支，居住在多瑙河下游地区。（Horace, *Carmina* III. 24.11）

294　诺里库姆（Noricum），凯尔特人在多瑙河和阿尔卑斯山之间建立的王国，地理范围大致相当于今日的奥地利，公元前16年成为罗马帝国行省。提玛乌斯河（Timavus），今名提马沃河（Timavo River），发源于斯洛文尼亚境内，流经的里雅斯特（Triester）的喀斯特地貌区，注入亚得里亚海。伊阿庇德人（Iapydes），伊利里亚人（Illyrii）的分支，生活在亚得里亚海迤东的内陆地区。

[478] 因天罹恶疾[295]，世间曾有一段悲惨的时光，充斥着秋日的燠热。所有的家畜，所有的野兽，悉数遇难。湖水被污染，牧场遭荼毒。死亡之途不一而足。然而，当焦灼的干渴通过周身血脉贯穿无力的四肢，流动的体液反而会大量溢出，渗入每一骨节，使之感染病毒而渐次腐朽。通常，神圣的典礼开始，站立祭坛下的牺牲，头缠雪白的毛织束带，在行动迟缓的侍僧的簇拥中，觳觫就死。如果祭司事先屠宰了牺牲，陈列胙肉的祭坛则不会燃起火光；征询先知的高见，也不能得到答复。刎颈之刀鲜见血污，唯有沙土的表面被少许凝血浸黑。茂盛的草丛间，牛犊纷纷倒毙，或者在饲料充足的圈舍旁付出了宝贵的生命。伶俐的家犬突然发狂；剧烈的咳嗽令瘟猪身体抖动，咽喉肿胀，濒于窒息。一度备极荣耀的骏马，如今已委顿颓靡，不思刍秣，不近泉涧，反复跺蹄踩踏地面；双耳下垂，汗流涔涔，因死之将至而遍体冰凉；皮肤干燥僵硬，使人不忍触摸。这是临终之前最初几日的征兆，之后病情开始加剧，只见老马双目灼热，呼吸深长，时而沉重地喘气；肋

295　原文"morbo caeli"（morbo 为 morbus 的夺格，caeli 为 caelum 的属格），直译即"因天之病"。C. Day Lewis 英译为"once the sky fell sick"（上天一度患病），K. R. Mackenzie 英译为"the tainted air"（被污染的空气），似以前者切近原意。按：中国古人亦有"天病"之说，如《扬子法言》云："天非独劳仲尼，亦自劳也。天病乎哉？"刘基《天说》曰："冬雷夏霜，骤雨疾风，折木漂山，三光荡摩，五精乱行，昼昏夜明，瘴疫流行，水旱愆殃，天之病也。雾浊星妖，晕背祲氛，病将至而色先知也。天病矣，物受天之气以生者也能无病乎？"

胁随频频的啜泣而抽搐不已；鼻孔流出黑血，粗涩的舌头阻塞了狭窄的喉管。用牛角给老马灌酒或许有益，而且似乎是起死回生的唯一希望，但是此法也难免导致毁灭。老马激情重燃而狂躁迷乱（愿上苍赐予善者更多快乐，将过失留给我们的仇敌），虽处于垂死的虚弱中，仍然用裸露的牙齿撕烂了自己的肢体。

[515] 看啊，在耕犁的重负下浑身冒着热气的牡牛倒下了，口吐浮泛泡沫的鲜血，发出临终的呻吟。伤心的农夫走了，卸除了因兄弟之死而悲哀的牛犊肩负的犁轭，将入土的耕犁留在了尚未开垦完毕的田野上。没有密林的浓荫，没有茵茵草甸令它神往，也没有琥珀般纯净的溪流，涌过岩石，奔向平原。它的腰身松弛无力，呆滞的眼睛黯然失神，脖颈因下坠的重量俯伏在地面。耕牛的劳碌和服役有何意义？它们为何要用犁铧翻开坚实的土地？然而，酒神的慷慨馈赠和屡屡开张的盛宴，都未曾伤害它们。它们吃的是树叶和寻常的青草，喝的是清澈的流泉和奔腾的河水，没有思虑会打破它们有益身心的美梦。

[531] 据说，唯有此时，这些地区难以为朱诺的圣典觅得可供役使的家畜[296]，车辆由不匹配的野牛驾驭，来到宏

296　朱诺，见注251。

伟的神殿之前。人们艰难地挥动锄头刨地，以指尖填埋种子，紧绷着脖颈将咿呀作响的大车拉过高耸的山冈。没有豺狼在羊圈周边伺机设伏，或者夜晚出没于畜群附近，因为警惕使它们变得温驯。胆怯的雌鹿和机灵的雄鹿混迹于猎犬之间，在人家屋舍旁安闲漫步。深海的鱼介和一切游泳的族类都被波涛冲上了岸边，如同从沉船内漂出的死尸。一反常态的海豹逃进了河里；毒蛇徒然地守护其幽邃的藏身之所，最终毙命；惊恐的巨蟒竖起了全身的鳞片。甚至空气对鸟儿也不友善，它们纷纷坠落，将生命留在了高高的云端。改换饲料也无济于事，补救措施只能造成伤害。菲吕拉之子喀戎和阿密塔翁家的墨兰普斯[297]，世之名医亦束手无策。脸色惨白的提西福涅怒气冲冲[298]，从黑暗的地狱来到光明之域，以恐骇和瘝疠为其前驱，日复一日高昂着满面嫉恨的头颅。河流、干渴的堤岸和低伏的丘陵同声回应羊群的哀鸣和牛犊的呼唤。她在畜群中大开杀戒，将腐烂的尸骸堆积在厩圈里，直至人们学会了掩埋尸体，将其安葬在土坑之内，因为皮不可用，肉不能清洗或者焚化。人

297　喀戎（Chiron），希腊神话中半人半马的贤者，克洛诺斯（萨图）和菲吕拉之子，精通医术、音乐、狩猎和预言，是众多希腊英雄的老师，后升天化身为人马星座。参看注243。（Pindar, *Pythian* III. I ff.）墨兰普斯（Melampus）希腊神话中的先知和医师，伊奥尔库斯（Iolcus）王子阿密塔翁（Amythaon）之子，通晓鸟语兽言，曾治愈梯林斯王普罗图斯（Proetus）诸女的疯癫病。（Homer, *Odyssey* XV. 223-242; Ovid, *Metamorphoses* XV. 324-328）

298　提西福涅，见注78。

们无法剪取被脓血和垢滓所侵蚀的羊毛，更不能以败絮付诸纺绩。如果有人胆敢披上肮脏的羊皮，那么灼热的疱疹和污秽的汗水就会沿着腥臭的四肢蔓延流淌，时隔不久，邪恶的火焰必将吞噬衰萎的肉体。

卷　四

[1] 继而，我要叙说上苍的恩赐，源自天国的蜂蜜。这一部分内容，麦凯纳斯，亦望阁下略加垂览。小小世界的纷纭万象，心胸博大的领袖，整个族群的习性、喜好、民众、纷争，我将依次道来。兹事虽小，厥功甚伟，如果时运不乖，司歌之神能够倾听凡间的祝祷。

[8] 首先要为蜂群寻觅一处安身之所，位置必须避风，因为刮风妨碍蜜蜂采食归巢。同时要防止母羊和嬉戏的幼羔践踏花朵，或者迷途的牛犊摇落田间的露珠，伤损初生的草叶。莫要让花斑的蜥蜴，弓着肮脏的脊背，悄然接近富足的蜂房；还须提防蜂虎和各类鸟雀²⁹⁹，以及胸口留有血手印迹的

299　蜂虎（merops），学名Meropidae，佛法僧目小鸟，喙长而尖，羽色艳丽，遍布欧亚大陆温带和热带地区，因嗜食蜂类而得名。

燕子[300]。所有的入侵者都能造成一场浩劫，它们会将飞翔的蜜蜂衔入口中，给贪残的雏鸟作为美味的零食。相反，此地应有清澈明净的泉水和苔色苍青的池塘，涓涓细流从嫩草间蜿蜒流过，棕榈或巨大的山榄遮蔽门廊。如此，当新王率领蜂群在春日飞舞[301]，幼蜂倾巢而出，附近的堤岸将招引它们远离炎热，途中的大树也会以繁茂的叶丛将它们簇拥。在平静的池沼或奔腾的溪流之间，都要安置横卧的杨柳和突兀的岩石，犹如座座渡桥跨越水面，如果东风偶尔吹散了离群的游蜂，或者骤起的凉飔将它们卷进了水里，它们就可以在此逗留，张开翅膀拥抱温煦的阳光。愿葱翠欲滴的菌桂、香远愈馥的地椒和气味浓烈的薄荷遍地开花，愿紫堇花圃畅饮满溢的甘泉。

[33] 至于蜂箱自体，无论以无芯的树皮缝制，还是用柔韧的柳条编造，开口都应狭小，因为冬天的寒气令蜂蜜凝固，而炎热则会使之融化。无论寒暑都令蜜蜂恐惧，难怪它们竞相用蜜蜡涂抹蜂巢的罅隙，以采自鲜花的胶液堵塞洞口。为此，它们囤积了大量的蜂胶，比槲寄生和弗里吉亚伊

300　燕子，原文"Procne"。据希腊神话，色雷斯王忒留斯（Tereus）强奸并幽禁妻妹费洛梅拉（Philomela），其妻普罗克涅（Procne）知情后亟欲复仇，遂杀亲生之子以绝忒留斯后嗣，后者欲斩二姊妹，却化为一只戴胜，普罗克涅、费洛梅拉则分别变身为燕子和夜莺。（Ovid, *Metamorphoses* Ⅵ. 412-676）按：家燕下颌毛羽呈红色，正合"胸口留有血手印迹"（manibus...pectus signata cruentis）的说法。

301　在17世纪的荷兰博物学家施旺麦丹（Jan Swammerdam 1637-1680）发现蜂王为雌蜂之前，人们并不了解这一事实，所以诗人使用了阳性的"reges"（rex的复数主格）一词。

达山的柏油更具黏性[302]。如果传言可信，蜜蜂往往也在地下的隐秘通道里建造温馨的家室，在浮石的深洞或朽木的孔窍内也能发现它们的踪迹。但是，为了保温，仍需用细泥填补蜂巢的裂缝，并且覆盖几片绿叶。不要将蜂箱置于紫衫近旁，不要在炉灶上炙烤通红的螃蟹；远离深广的沼泽和土腥气太重的处所，也应避开敲击岩石就能发出空洞的声响且回音不绝于耳的地方。

[51] 当金色的太阳将寒冬驱逐至地下，以一派夏日的光辉廓清天宇，群蜂立即遨游于幽谷丛林之间，采食鲜花，啜饮清流，怀着莫名的喜悦，呵护蜂巢和幼虫，炼制新鲜的黄蜡，酿造浓稠的蜂蜜。倘若你看到大群的蜜蜂，离开窝巢，在初夏清新的空气中飞向满天繁星，你必疑心为漫漫乌云随风涌动，观望者啊，须知蜂群随时寻求甘甜的水源和绿叶的庇荫。因此，请如法抛撒香料：揉碎的香蜂草和卑微的琉璃苣[303]，

302　槲寄生（viscum），学名 Viscum coloratum，桑寄生科槲寄生属灌木，果肉有黏性物，可制作粘鸟胶。弗里吉亚（Phrygia），历史地区，位于今土耳其中西部，境内的伊达山盛产柏树，可以提炼柏油，参看注123。

303　香蜂草（melisphyllum），学名 Melissa officinalis L.，唇形科蜜蜂花属草本植物，花乳白色，叶卵圆形，有柠檬香气。琉璃苣（cerintha），学名 Borago officinalis L.，紫草科琉璃苣属草本植物，花宝蓝色，气味芳馥，鲜叶可入膳。香蜂草和琉璃苣均为蜜源植物。

同时敲响大母神的铙钹[304]，发出叮叮当当的声响。如此，蜂群就会在芳菲丛中栖居，顺从其天性，深藏于安谧的房室之内。

[67]因为两位蜂王之间每每发生酿成大乱的争端，如果蜂群一旦开战，即使在远处也能感知群情激奋、斗志昂扬的气氛。嘶哑的号角发出战斗的呼唤，激励落伍者英勇向前，如破喇叭发出的喧嚣隐隐可闻。它们急不可待，迅速集结，扑打翅膀，以尖喙磨砺螫刺，准备奋臂一搏。在蜂王的周围，乃至中军帐内，群蜂纷纷攘攘，高声叫骂挑战敌手。于是，若逢春和景明，且能寻得一处空地，它们就会从蜂巢的洞口踊跃而出。战斗开始，厮杀之声直上云霄。它们聚合为庞大的一团，俯冲而下，密集胜似从天而降的冰雹，繁多犹过枝头洒落的橡实。军阵中央，蜂王振颤闪光的双翼，伟大的灵魂在微躯之内悸动，坚守阵地，绝不退缩，直至一方大获全胜，一方败北而返。狂热的激情、酷烈的搏杀，几许轻尘落下，即可随之平息而归于

304　大母神（Mater），指库柏勒（Cybele）。库柏勒本为弗里吉亚的自然与丰稔女神，被奉为万物之母，希腊人将其与德墨忒尔视为同一人。对库柏勒的崇拜是古罗马的主要秘教之一，礼拜仪式充满狂热的行为，包括敲击铙钹、皮鼓，吹奏号角、笛管，以及抛洒钱币和武装游行等。（Lucretius, *De Rerum Natura* II. 600 ff.）另，亚里士多德说蜜蜂喜闻喧响，敲击瓦器或石块可召集蜂群，瓦罗也认为铙钹之音能使飞散的蜂群重新聚合在一起。（Aristotle, *Historia Animalium* IX. 40; Varo, *Rerum Rusticarum de Agri Cultura* III. 16）

沉寂。

[88] 但是，从战场上召回双方主帅之时，就该令面目顽劣者当即赴死，以免增加多余的负担。尊胜者为王，使独居宫室。因为蜂王有两种类型，优胜者仪容高贵，通体布满金色的斑点和闪光的鳞片；顽劣者邋遢怠惰，恬不知耻地拖拽着臃肿的身躯。君主的特征分为两类，臣民的体貌也是如此：一则丑陋猥琐，好似风尘仆仆的旅人，干渴的口中吐出肮脏的泥土；一则神采奕奕，浑身闪耀金光并散布同样的斑点。后者为优良的品种。在适当的天时，你就能从它们的巢脾里榨取甘甜的蜂蜜——甜而不腻，清纯无比，足以中和醇酒浓烈的口味。

[103] 当蜂群漫无目的地在空中飞舞嬉戏，鄙弃它们的巢穴并离开冷落的家园，你必须终结无聊的娱乐以压制其浮躁的心性。管束它们并非一项困难的工作，你只需摘除蜂王的双翼，当蜂王滞留不动时，就没有一只蜜蜂敢飞向高处或撤换营寨的旗号。愿花园飘溢番红花的芬芳招引游蜂；愿赫勒斯滂之神普里阿普斯谨防窃贼和鸟雀，手执钐镰保护它们[305]；

---

305 普里阿普斯（Priapus），古希腊的生殖和丰产之神，传为酒神狄奥尼索斯与爱神阿佛洛狄忒之子。对普里阿普斯的崇拜起源于赫勒斯滂海峡东岸的古城兰萨库斯（Lampsacus），后传入希腊和罗马。罗马人将其雕像置于庭园内以恐吓盗贼和鸟雀，犹如后世的稻草人。（Virgil, *Bucolica* Ⅶ. 33-36; Horace, *Sermones* Ⅰ. 8）

愿养蜂人亲自从高冈上采来百里香和绣球花[306]，成片地移植在蜂箱的四周。任凭他艰苦劳作，手足胼胝，也要在地里栽入果树的幼苗，并且殷勤地浇水灌溉。

[116] 倘若工作尚未到达最终的阶段，还不能落帆转舵，匆匆靠岸，也许我本该歌唱精心培育、花团锦簇的园圃，赞美佩斯图姆一年两度绽放的玫瑰[307]，以及畅饮溪水的菊苣和香芹围护的绿堤，还有蔓生于草丛中的大腹便便的胡瓜；我也不能不言及迟开的水仙、柔韧卷曲的莨苕之枝梢、嫩绿的常春藤和近水而生的香桃木。我想起，欧巴里亚城的塔楼之下[308]，黛青的加莱苏斯河滋润着金黄的田野[309]，在那里我曾遇见一位年迈的柯吕库斯人[310]，他占有几亩无主的薄田，因为土地贫瘠，既不宜放牧牛羊，也不可种植粮食

306　原文"pinos"（pinus的复数宾格），即松树，但Fairclough及Mackenzie英译均作laurestinus（棉毛荚莱），当据别本翻译。按：laurestinus，拉丁语为tinus，与pinus颇易混淆，下文有"illi tiliae atque uberrima tinus"（他的椴树和绣球茂密繁盛）之语，应以tinus为是。棉毛荚莱，学名Viburnum tinus，五福花科琼华属常绿灌木，花簇生，或称"绣球"，此从之。

307　佩斯图姆（Paestum），意大利卢卡尼亚地区城镇，据说当地所产玫瑰一年开花两次。（Propertius Ⅳ. 5.61）

308　欧巴里亚（Oebalia），塔仑同的雅称。该城曾为斯巴达的殖民地，故以斯巴达王欧巴鲁斯（Oebalus）的名字命名。参看注168。

309　加莱苏斯河（Galaesus），意大利南部河流，流经卡拉布利亚地区，注入塔兰托湾。

310　柯吕库斯（Corycus），小亚细亚南部基利基亚（Cilicia）地区城市。公元前67年，庞培（Gnaeus Pompeius）将俘获的基利基亚海盗安置在塔仑同周边，赐予他们无主的土地。

或栽培葡萄。纵然如此，他仍在荒榛之间零零星星地种了少许蔬菜，周围又栽了白百合、马鞭草和娇妍的罂粟花。此人心胸博大，足以抗衡王侯。每夜晚归，他会在餐桌上摆满无须花费而置办妥当的肴馔。春天，他采撷玫瑰；秋日，他摘取苹果。当严冬以寒霜冻裂岩石、以坚冰阻滞水流之时，他已修剪了风信子的根须。他责备迟到的夏天，呵斥游荡的西风。因此，他总是最先拥有新生的蜜蜂和壮大的蜂群，也是第一个压榨巢脾获取起泡的蜂蜜之人。他的椴树和绣球茂密繁盛。苗壮的果树上，春日缀满几多艳丽的花朵，秋天便能结出几多成熟的果实。虽然为时已晚，他还栽植了成行的榆树、木质坚硬的梨树、已经挂果的黑刺李，以及可为饮者遮阴的悬铃木。不过，我必须就此打住，言归正传，将以上话题留给后人叙说。

[149] 现在，听我解释朱庇特赋予蜜蜂的天性，也是它们应得的褒奖，因为它们曾追随库赖特斯美妙的音乐和铙钹的铮鸣[311]，在迪克特的洞穴里赡养天国的君王[312]。唯独蜜蜂拥有共同的子嗣和城市里的公共居所，在伟大的律法统御下终其一生，并且熟识自己的故土和固定的家室。因为预感冬

311　库赖特斯（Curetes），女神莱亚的侍从。当幼年的朱庇特（宙斯）藏身山洞之中，为遮掩其啼哭声，他们敲响铙钹，结果招来大群蜜蜂，遂以蜜汁哺育未来的大神，参看注207。（Lucretius, *De Rerum Natura* II. 633-639. Ovid, *Fasti* IV. 197 ff.）

312　迪克特，见注207。天国的君主（caeli rex），指朱庇特，参看注40、注207。

日将临，它们在夏天就辛勤工作，将所有的收获贮藏在集体
的库房里。部分成员负责采集食物，遵从既定的规约在田野
上忙碌；部分成员留在家中，用水仙的泪滴和树皮的胶脂筑
成蜂房的基础，然后涂敷黏稠的黄蜡；或培育长成的幼蜂，
维护蜂群的希望；或酿造清纯的蜂蜜，以玉液琼浆填充蜂
房。另有成员被委以守门的重任，它们必须观测天空的风云
变幻，承接归巢同伴的负荷，同时将队伍中怠惰的雄蜂逐出
窝巢。劳作如火如荼，甘甜的蜂蜜散发出百里香的芬芳。正
如独眼巨人以坚硬的矿石加紧铸造霹雳火球[313]，有人用皮风
箱扇风，有人将吱吱作响的铜块浸入湖沼，而埃特纳则在铁
砧的重压下呻吟不止[314]；他们竭尽全力，有节奏地轮流挥臂，
用结实的钳子扭曲铁块；与此相仿（如果能够以小比大），
乐于获取的天性敦促凯克罗比亚的蜜蜂各司其职[315]，长者负
责管理城邦，建造蜂巢，修筑精巧的房室；少者终日劳碌，
夜间方归，足爪粘满百里香的花粉。它们四处奔忙，在杨
梅、菌桂，在青青柳枝和灼灼繁花，在茂盛的酸橙树和青紫
的风信子之间觅食。它们一同休憩，一同劳作。清晨出门，
从不延误；当晚星召唤它们从郊野的牧场回归，它们便直奔
家园，舒缓自己的肢体。此时，就会听到一片喧嚣，围绕蜂

313　独眼巨人，见注98。

314　埃特纳，见注98。

315　凯克罗比亚（Cecropia），希腊阿提卡（Attica）地区古称，源自传说中的
雅典初代国王凯克罗普（Cecrops）之名。

箱的入口和门槛嗡嗡作响。随后，它们在寝室内安歇，静夜
无声，睡梦占据了疲惫的身心。若风雨欲来，它们不会远离
蜂巢；当东风逼近，它们也不肯信赖苍天。在城墙的庇护
下，它们运水，做短途的飞行。为了在氤氲的云雾中保持平
衡，它们通常会身负碎石，犹如飘摇的小舟装载压舱物渡越
惊涛骇浪[316]。令人感叹的是，蜜蜂还有一种独特的习性，即
它们绝不热衷于交媾，不肯放纵情欲而耗费体力，也不愿为
生育后代而承受痛苦。它们以尖喙在绿叶和芳草间为自己搜
寻子嗣，自行推举君王，造就小小的公民[317]，重新修建宫室
和蜜蜡铺成的领土。当蜂群漫游于乱石之间，它们的翅翼经
常被划伤，但它们甘愿献出重负之下的生命，因为它们对鲜
花的眷爱及由酿蜜而生的自豪是如此热烈。所以，尽管蜜蜂
的寿命极为短暂，一般不会超过七个夏天[318]，但其种群则绵
绵不绝，家运昌盛，世代相传，永无尽期。

［210］而且，无论埃及、强大的吕底亚[319]，还是帕提

316　蜜蜂在起风时负载碎石飞行的记载始见于亚里士多德的《动物志》。
(Aristotle, *Historia Animalium* IX. 40)

317　"公民"，原文"Quirites"（Quiris 的复数宾格），本谓萨宾地区古城库勒斯
(Cures) 的居民，借指罗马公民 (civis)。

318　事实上工蜂只能存活六个星期，蜂王的寿命一般不超过五年。

319　吕底亚 (Lydia)，西亚古国，位于今土耳其西北部，兴起于公元前12世
纪，前546年为波斯帝国所灭。

亚的民众[320]，以及海达斯佩斯的米底人[321]，都不曾对他们的君主怀有如此崇高的敬意。王在，则众志成城；王殁，则民心涣散。蜜蜂会自行毁弃酿成的蜜汁，破坏巢脾的栅格。蜂王是劳作的守护者，因而备受群蜂爱戴；它们全体侍立君王左右，前呼后拥，喧哗不已。它们经常用臂膀将蜂王抬起，矢志为其捐躯疆场，虽伤痕累累，仍追求光荣的牺牲。

[219] 依据此类迹象和事例，有人断言蜜蜂秉承了神圣的智慧并啜饮了天国的甘露，因为他们眼见神灵无所不在，显现于大地及浩瀚的海洋和深邃的天空。当其初生之时，牛、羊、人、兽，便汲取了源自神灵的生命之细流，故万物必回归于神，殒灭之际，得以重生。世间本无"死亡"容身之地，唯有鲜活的生命，飞向点点繁星，登上至高的天堂。

[228] 如果你想开启密闭的巢穴，探取囤积于宝库内的蜜汁，首先要以一掬清水濡湿颜面，然后手执烟筒小心向前。每年两季取蜜，二度获得丰收。初次，恰逢七姊妹中的

---

320 帕提亚，见注227。

321 海达斯佩斯（Hydaspes），今名杰赫勒姆河（Jhelum River），发源于克什米尔，流经巴基斯坦的旁遮普邦，汇入印度河支流奇纳布河（Chenab River）。米底人居住在小亚细亚，与海达斯佩斯相去甚远。参看注146。

塔宇革忒向尘世显露出清秀的面庞[322]，倨傲地用双足拨开大
洋的潮流；再次，则在同一星辰回避潮湿的双鱼座[323]，哀怨
地从天空沉入冬日的波涛之时。蜜蜂的愤怒没有限度。一旦
受到侵犯，它们会将毒汁注入螫针，紧叮血管，留下细小难
辨的尖刺，丧命于人畜的伤口旁。

[239] 但是，如果你畏惧严酷的冬天，关心蜂群的前
途，对其苦难的灵魂和不幸的命运满怀同情，难道你还会犹
豫不决，不肯用百里香为之熏香，同时割去空废的巢室？
因为，蝾螈会偷食巢脾，惧光的蟑螂将霸占建成的蜂房，
而不负责任的雄蜂则喜欢攫取他者的食物。此外，凶恶的
黄蜂必恃强入侵，不祥的飞蛾频频现身，密涅瓦所憎恶的
蜘蛛会在门口张开松散的大网[324]。库存愈近穷竭，蜂群愈加
热切地试图收拾衰落种族的残破家园，充实蜂房并用花胶修
缮仓廪。

[251] 由于蜜蜂如人类一般也有伤痛疾苦，一旦患病而
体力衰弱，则不难通过明确的症候加以认定。显而易见，染

322　塔宇革忒（Taygete），昴星团七星之一，参看注41。

323　双鱼座（Pisces），黄道十二星座之一，每年9月27日子夜经过上中天。

324　据希腊神话，吕底亚女子阿拉克涅（Arachne）与智慧女神雅典娜（密
涅瓦）比赛纺织技术，以诸神的风流韵事作为织物的图案，女神为之大怒，不但
撕毁了她的作品，还将不堪凌辱而自缢身亡的阿拉克涅变成了一只蜘蛛。（Ovid,
Metamorphoses VI. 1-145）

病的蜜蜂会变色，憔悴瘦损令其容颜顿改。它们拖着失去光彩的尸体爬出巢穴，组成哀伤的送葬行列；或足爪相连倒挂在门口，或困居于闭塞的蜂房之内，因饥饿而倦怠，缘酷寒而麻痹。然后，就能听到沉闷的声响，悠长的低鸣，若清冷的南风在林间喁喁私语，似不安的大海退潮时的叹息，又如熊熊火焰在封闭的炉膛里发出的呼啸。此时，我建议你点燃白松香，用芦管给它们饲以蜜汁，激励它们，呼唤病患走近熟悉的食物。以捣碎的五倍子和干燥的玫瑰花瓣调味亦颇为有益，也可在旺火上煮沸醇浓的新酒，加入普西提阿的葡萄干[325]、凯克罗比亚的百里香和气味芳馥的矢车菊[326]。草地上有一种花，乡民名之曰"紫菀"[327]，很容易找到，一丛就能生发出茂密的一大片，蕊金色，周围簇生多重花瓣，在暗紫中泛出嫣红。通常，神坛上都要装饰以此花编成的花环。入口舐之，其味略苦。牧人在山间的牧场和蜿蜒的梅拉河畔采撷此花[328]，你可以甘醴烹煮其根，装满篮筐挂在蜂巢边作为蜜蜂的饲料。

［281］假若群蜂突然悉数离去，而主人又无法从其他途径挽回损失，那么，我就该披露阿卡迪亚养蜂行家的传世秘

325　普西提阿，见注130。

326　凯克罗比亚，见注315。

327　紫菀（amellus），学名Aster amellus L.，菊科多年生草本植物，根茎可入药。

328　梅拉河（Mella），意大利北部河流，流经维吉尔的故乡曼图亚附近。（Catullus, LXVII. 33）

方了[329]。当初他屡屡屠宰公牛，用腐臭的血液繁育蜜蜂。我将追根溯源，从头讲述完整的故事。在尼罗河沿岸，居住着一个幸运的民族，佩拉的卡诺普斯人[330]，泛滥的河水宽阔平静，人们乘坐画舫周游于自己的家园。此地毗邻腰佩箭箙的波斯人的边境，滔滔洪流从皮肤黝黑的印度人的国土倾泻而来[331]，分为七个不同的河口，以黑色的泥沙滋润着埃及的绿野。整个地区将新生的希望寄托在这一绝技之上。

[295] 依照其用途，首先要选定一处狭小逼仄的地点，立四堵墙，以瓦葺顶，开四扇窗，接纳四方来风和斜射的阳光。然后，寻觅一头牛犊，年满两岁，头顶已经长出两只弯曲的犄角。任其百般挣扎，必塞其口鼻，使不得出气。此牛受杖击而毙命，皮囊完好无损，肌肉已然糜烂。他们将牛尸留置囚室之内，在肋胁之下铺满折断的树枝、百里香和新鲜的桂皮。当初起的西风掀动微澜，就应该办妥此事，不可待到草甸因遍染春色而光彩焕发，细语呢喃的燕子在椽头筑巢之时。此刻，朽骨内郁积的湿气熏蒸发酵，一种奇异的生物

329　"养蜂行家"（magister）指阿里斯泰乌斯，参看注9，详见下文。

330　佩拉（Pella），马其顿王国都城，亚历山大大帝（Alexander Magnus）的诞生地，其形容词Pellaeus亦用以指称被马其顿人征服的埃及。卡诺普斯（Canopus），埃及古城，位于尼罗河西入海口的一座岛上，此处以"卡诺普斯人"指代埃及人。

331　作者所谓的"印度人"（Indi）实为埃塞俄比亚人。尼罗河的主要支流青尼罗河（Blue Nile River）发源于埃塞俄比亚境内。

开始现身，初无足爪，旋即振动嗡嗡作响的双翼。它们聚集成群，越来越多，继而大举飞腾，犹如夏云骤降暴雨，又似轻装上阵的帕提亚步兵射出的离弦之箭[332]。

[315] 缪斯们啊，何方神圣成就了这般技艺？世人缘何尝试新法使之得以实施？据说，牧人阿里斯泰乌斯的蜂群因疾病和饥饿而全部损失，他离开佩内乌斯河畔的丹佩[333]，伤心地来到圣河的源头，满怀怨艾地将母亲呼唤："我的母亲，昔兰尼[334]，我的母亲，你幽居深渊之下，为何给了我传承神灵高贵谱系的生命——谨承母教，倘若提姆布拉的阿波罗是我的生父[335]——令我生来就受到命运的诅咒？你的慈爱而今何在？你为何逼迫我寄望于上苍？请看，即便是尘世生命的荣誉——对庄稼和牲畜的精心照料，竭尽全力始初见成效——我亦将放弃，尽管你是我的母亲。来吧，亲手拔起硕果累累的树木，以仇恨的烈火点燃牲畜的圈舍，摧毁成熟的

332　瓦罗认为蜜蜂或自行繁殖，或生于腐烂的牛尸，并引用前人诗句称蜜蜂为"死牛之游子"（boos phthimenes peplanemena tekna）。（Varro, *Rerum Rusticarum de Agri Cultura* Ⅲ. 16）按：从牛尸中可以繁育蜜蜂的说法在欧洲流传甚广，科路美拉认为杀死价值昂贵的耕牛以繁育用其他方法也可获得的蜜蜂是不明智的做法。（Columella, *De Re Rustica* Ⅸ. 14.6）

333　佩内乌斯河（Peneus），今名皮尼奥斯河（Pinios River），希腊色萨利地区河流，发源于品都斯山脉，汇入爱琴海。丹佩（Tempe），奥林匹斯山和奥萨山之间的峡谷，佩内乌斯河流经之地。

334　昔兰尼（Cyrene），佩内乌斯河神的女儿，与阿波罗结合生阿里斯泰乌斯。

335　提姆布拉（Thymbra），小亚细亚特洛亚德地区古城，以建有宏大的阿波罗神庙而闻名。

庄稼，焚烧青青的秧苗，挥舞霸道的斧斤砍伐葡萄藤，如果你对我的成就心怀嫉妒。"

[333] 他的母亲在深渊之下的闺房内听到了他的呼唤。围坐四周，仙女们正在纺绩米利都的羊毛[336]，其色碧绿，宛若琉璃。德鲁莫和克桑脱，里吉亚和菲洛多，光彩熠熠的秀发披散在白皙的脖颈；讷萨雅和思皮奥，塔莉亚和吉莫多；基迪佩和金发的吕考莉亚，一位处女，另一位已饱受初次分娩的痛楚；克里奥及其胞妹贝洛厄，两人皆为大洋之女，都佩戴雕镂精工的金饰，裹束文采斑斓的兽皮。还有厄菲尔和奥皮斯，以及亚细亚的德约皮亚，最后是捷足的阿勒图萨，随身所携的弓箭早已收起[337]。其中，科吕墨涅正在叙说伏尔甘的枉费心机，玛尔斯的诡计多端和偷情伎俩[338]，并历数开

336　米利都，见注271。

337　德鲁莫（Drumo）、克桑脱（Xantho）、里吉亚（Ligea）、菲洛多（Phyllodoce）、讷萨雅（Nesaee）、思皮奥（Spio）、塔莉亚（Thalia）、吉莫多（Cymodoce）、基迪佩（Cydippe）、吕考莉亚（Lycorias）、克里奥（Clio）、贝洛厄（Beroe）、厄菲尔（Ephyre）、奥皮斯（Opis）、德约皮亚（Deiopea）、阿勒图萨（Arethusa）以及下文之科吕墨涅（Clymene）都是仙女的名字。其中，塔莉亚、克里奥与两位缪斯女神同名，但应非同一人；阿勒图萨本为阿卡迪亚的仙女，被河神阿尔甫斯（Alpheus）轻薄，乃化为一道清泉，从海底逃往叙拉古港口的奥迪吉雅岛（Ortygia）；（Virgil, *Bucolica* X.1; Ovid, *Metamorphoses* V. 572-641），余皆为海洋仙女（Nereides），然多无可稽考。依据某些学者的观点，这些名字乃诗人所"杜撰"（free invention），仅取其"抑扬有致之异国腔调"（melodious and foreign sounds）而已。Fantham in Fallon, 2009, p.107, n.333。

338　伏尔甘（Volcanus），罗马神话中的火神，对应于希腊的赫菲斯托斯（Hephaestus）。玛尔斯，见注108。伏尔甘之妻维纳斯与玛尔斯偷情，被伏尔甘用一张大网捉奸在床。（Homer, *Odyssey* VIII. 266-366）

天辟地以来诸神之间的风流孽债。陶醉于美妙的歌声[339]，仙女们纷纷松开纺锤上柔软的线束。阿里斯泰乌斯的哀号再次传至母亲耳畔，坐在水晶宝座上的仙女们无不为之震惊。阿勒图萨率先抬起金发纷披的脸庞，从水面向外张望，并远远地呼唤："哦，昔兰尼大姐，你为这高声的悲叹而惶惑实乃事出有因。这正是他，你的至爱，阿里斯泰乌斯。他悲伤地伫立在我们的父亲河边，泪流满面，指名道姓责怪你的冷酷无情。"

[357] 前所未有的恐惧令母亲心慌意乱，她叫道："引领他来吧，引领他来到此地，他有权跨越神圣的门槛。"于是，她喝令深渊之水远远分离，以便年轻人步行而入。波浪如山般涌起，壁立四周，迎接他进入水流之下的巨大洞穴。他惊异于母亲的家园，一片泱泱泽国，封闭在洞窟内的湖泊和回声四起的林莽。他继续前行，因波涛澎湃而目眩神骇。他眼见百川之水在大地之下的不同区域流过，发西思和吕库斯[340]，深深的厄尼佩乌斯喷薄而出的源头[341]，我们的父亲河台

---

339 "歌声"，原文 "carmine"（carmen 的夺格，歌曲、诗篇），可知这位仙女的"叙说"并非一般的讲故事，而是采取了吟唱的形式。

340 发西思（Phasis），今名里奥尼河（Rioni River），发源于高加索山脉，流经格鲁吉亚西部，注入黑海。（Pliny, *Naturalis Historia* XIX. 52）吕库斯（Lycus），小亚细亚帕夫拉戈尼亚（Paphlagonia）地区河流。（ibid. II. 225）

341 厄尼佩乌斯（Enipeus），佩内乌斯河支流，参看注333。（Propertius, III. 19. 13）

伯[342]、阿尼奥的洪流[343]，以及在岩石间喧腾的绪帕尼斯[344]、缪希亚的凯库斯皆发源于此[345]。还有埃里达努斯，它的"牛头"上翘起两只金色的犄角[346]，以无可比拟的汹涌之势流过丰饶的田野，汇入青紫色的海洋。不久，他来到以石葺顶的闺房，昔兰尼聆听了爱子的哭诉，众姊妹依次将纯净的泉水倾倒在他的手中，并且拿来了整洁的面巾。有人在桌案上陈列丰盛的肴馔，又奉上满溢的酒杯，祭坛也燃起了潘加耶的圣火[347]。他的母亲提议："举起斟满麦奥尼亚佳酿的罍尊[348]，让我们为大洋奠酒！"随之她向大洋、宇宙之父，以及守护着百林百川的宁芙姊妹祈祷。她三次将清冽的玉露洒向燃烧的火炉，烈焰三次升腾至屋顶，焕发出灼灼的光辉。这一吉兆鼓舞人心，于是她开口言道：

---

342 台伯河，见注104。

343 阿尼奥（Anio），意大利中部河流，发源于亚平宁山脉，在罗马附近汇入台伯河。

344 绪帕尼斯（Hypanis），今名南布格河（Yuzhny Bug River），源出乌克兰的沃伦－波多尔斯克高地（Volyn-Podolsk Upland），注入黑海。（Cicero, *Tusculanae Disputationes* I. 94）

345 凯库斯（Caicus），小亚细亚缪希亚地区河流，参看注37。（Cicero, *Pro Flacco* 72）

346 埃里达努斯，见注100。

347 潘加耶，见注148，借指乳香。

348 麦奥尼亚（Maeonia），吕底亚古称，参看注319。"罍尊"，原文"carchesia"（carchesium的复数宾格），指古希腊的一种酒器，敞口，高足，双侧有柄。

　　[387]"在卡帕图斯的深海里[349],居住着一位先知,名为普罗透斯[350],浑身靛青如海水一般。他乘坐由鱼群和一队两足之马驾驭的车舆横渡汪洋,现已重归厄玛替阿的港湾[351],回到故乡帕勒讷[352]。身为仙女,我们对他敬重有加,年迈的涅柔斯也不敢稍有轻慢[353],因为这位先知无所不知,对现在、过去以及即将发生之事皆了如指掌,其博闻多识正合尼普顿心意[354],因此海王命他在水底豢养硕大无朋的怪兽和面目丑陋的海豹。你必须先制服此人,我儿,他才肯对你道明疫病的起因并助你逢凶化吉。若无力取胜,他不会给你任何建议,你恳求他也无济于事。唯有以强力和镣铐控制他,他的诡计才会落空。当烈日点燃正午的暑热,绿草干渴,树荫迎来歇晌的牛羊,我将亲自引领你前往这位长者的休憩之所,趁他疲惫地从海底归来,正欲高卧沉睡之时,你就可以轻易地向他发起攻击。然而,你刚刚伸手抓住他并给他戴上镣铐,他就会变化出诸般物象及野兽的模样,与你周旋嬉闹。他忽而变成一头刚毛倒竖的野猪,忽而变成一只阴鸷凶残的

349　卡帕图斯(Carpathus),爱琴海岛屿,位于罗得岛和克里特岛之间。

350　普罗透斯(Proteus),以放牧海豹为职司的小海神,也是无所不知的预言家,具有千变万化的本领,以逃避为他人解答问题。(Homer, *Odyssey* Ⅳ. 435ff.)

351　厄玛替阿,见注102。

352　帕勒讷(Pallene),希腊东北部城市,位于哈尔基季基半岛西海岬。(Pliny, Naturaris Historia Ⅳ. 36)

353　涅柔斯(Nereus),希腊神话中的海神,庞图斯(Pontus)之子,与大洋女神多里斯(Doris)结合生育了五十名海洋仙女。(Hesiod, *Theogony* 233-264)

354　尼普顿,见注8。

猛虎，或者一条鳞甲参差的蟒蛇，或者一头母狮，高昂着棕黄色的脖颈；他也可能化为呼啸的烈火，从而摆脱加身的镣铐，或者溶入清浅的流水，趁机逃之夭夭。但是，他越是变化多端，我儿，你越要将他紧紧束缚，直至他花招用尽，就像你最初见到的那样，闭合双目，进入梦乡。"

[415] 言罢，她便倾倒芳馥的仙液，令爱子全身浸入其中。于是，他齐整的发际飘散异香，四肢充满灵活的力量。山崖之下暗藏一眼巨穴，风驱赶着滚滚波涛涌入其中，洞开为一处深邃的港湾，有时也成为遇险海员的逃生之地。普罗透斯就栖身于洞内一块巨岩的屏障背后。仙女将青年安置在避光的隐蔽处所，自己则伫立远方，藏匿于暧霴的云雾之中。此刻，朗朗当空的天狼星炙烤着苦渴的印度人，烈日在天庭刚刚巡行了一半的路程，草叶枯萎，川流涸竭，河道间阏塞着阳光烘焙而成的淤泥。普罗透斯踏浪而来，直奔自己熟悉的岩洞。大洋深处的水族在四周跳跃，远远地喷射出咸涩的海水。一匹一匹的海豹，横卧在滩头酣睡。先知本人则如同在山冈上守护圈舍的牧人，当黄昏星召唤牛犊从牧场归还，羊羔的低鸣激起了饿狼的贪欲，他就会坐在居中的岩石上，逐一清点海豹的数目。阿里斯泰乌斯终于等来了机会，趁老者未及舒展疲惫的肢体，他大吼一声，扑上前去，给卧倒在地的普罗透斯戴上镣铐。当然，普罗透斯也不会忘记他的伎俩，他变化出千奇百怪的形状，时而为烈火，时而

为流水，继之又化身为凶恶的野兽。然而，他终究无计可逃，不得不现出原形，用人类的声音问道："胆大包天的年轻人，何人命你侵入我们的家园？你来此有何贵干？"阿里斯泰乌斯答道："你自恃无人能够欺瞒，普罗透斯，但也请收起你的把戏。秉承神灵的谕旨，我来此只为求得改变厄运的预言。"他如此申明来意。屈服于伟大的力量，先知转动青光凛凛的眼珠，咬牙切齿，但还是开口说出了命运的秘密：

[453]"是一位神灵，非关他人，对你动了雷霆之怒。你犯有大罪，不幸的俄耳甫斯给你的惩罚远不足以抵消你的过错[355]。这并非命运的拨弄，而是因为失去了他的新娘，才令他怒不可遏。为摆脱你的追逐，她沿着河流一路奔走，可怜的姑娘[356]，竟未发现她的脚下，盘踞在茂草丛中守护堤堰的毒蛇。她的同伴们，德吕亚众仙[357]，大声呼唤，呼声回荡在高山之巅。罗多彼的群峰[358]、潘盖亚的高地[359]，以及勒苏斯

---

355 俄耳甫斯（Orpheus），传说为荷马之前的古希腊诗人，缪斯之子，生于色雷斯，善弹里尔琴，能感召禽兽，移动木石。俄耳甫斯死后，他的头颅由赫布鲁斯河漂流到莱斯波斯岛（Lesbos），肢体被缪斯安葬于奥林匹斯山麓。俄耳甫斯信仰是古希腊最重要的秘传宗教之一（Pindar, *Pythian* IV. 176; Apollonius Rhodius, *Argonautica* I. 23-31; Ovid, *Metamorphoses* X.1-85, XI. 1-84）

356 可怜的姑娘（puella moritura），指俄耳甫斯的新娘欧律狄刻（Eurydice）。

357 德吕亚众仙，见注7，参看注199。

358 罗多彼，见注83。

359 潘盖亚（Pangaea），希腊色雷斯地区山岳。

尚武的国土[360]，还有格塔、赫布鲁斯和阿克特的奥里提亚[361]，
全都为之伤心哭泣。俄耳甫斯以琴声安抚痛苦的灵魂，当一
日伊始或白昼逝去的时分，在荒凉的海滨为爱妻咏唱挽歌。
他穿越泰纳卢斯的海角[362]，进入迪斯的高大门阙[363]，又经过了
妖雾弥漫、阴森恐怖的密林，最终走向死亡的土地，那里由
可怕的冥王统治，居住着人类的祈祷无法感化的幽灵。被他
的歌声所惊扰，虚幻的阴影从厄勒波斯的宝座之下升起[364]，
那些躲避光明的鬼魂，就像无数鸟儿在黄昏来临或被冬日的
阵雨从山上驱散时藏身树叶之下——女人和男人，还有心胸
博大的英雄人物的身影，他们的生命已经终结；童男和处
女，当着父母的面被架上焚尸的柴堆。放眼四顾，但见考基
图斯乌黑的泥浆和凌乱的芦苇。险恶的沼泽以凝滞的死水

360　勒苏斯（Rhesus），色雷斯王，在特洛伊战争中率部驰援特洛伊人，遭希
腊军偷袭丧命。（Homer, *Illiad* X . 435ff）

361　格塔，见注293。赫布鲁斯（Hebrus），今名马里查河（Maritsa River），发
源于保加利亚境内，流经希腊与土耳其边境，注入爱琴海。（Virgil, *Bucolica* X . 65;
Horace, *Carmina* Ⅲ . 25.10）奥里提亚（Orithyia），雅典国王厄瑞克透斯（Erechtheus）
之女，被风神博莱阿斯（Boreas）劫持至色雷斯并强娶为妻。（Ovid, *Metamorphoses*
Ⅵ . 683）

362　泰纳卢斯（Taenarus），今名马塔潘角（Cape Matapan），希腊伯罗奔尼撒
半岛南端的岬角，古人认为此处是通往冥间的入口。（Pliny, *Naturalis Historia* Ⅳ . 15,
Lucan, Ⅸ . 36）

363　迪斯（Dis），罗马宗教的冥界之王，对应于希腊的哈迪斯（Hades）。

364　厄勒波斯（Erebus），希腊神话中的黑暗之神，"混沌"（Chaos）之子，
"夜"（Nox）的兄弟。（Ovid, *Metamorphoses* XIV . 403-405）

使他们受阻，斯蒂克斯用九重回环涡流将他们围困³⁶⁵。然而，死神之家和地狱的深渊已经被震慑，鬈发间蟠绕着青蛇的尤门尼德瞠目结舌³⁶⁶，三头犬噤声不吠³⁶⁷，伊克西翁的巨轮也停止了随风转动³⁶⁸。

[485]"俄耳甫斯回转脚步，一切灾祸似已避免。紧随其后（因为普洛塞尔皮娜有约在先³⁶⁹），起死回生的欧律狄刻向上界走去。可是，突然爆发的疯狂左右了俄耳甫斯（宽恕他吧，如果死神也懂得宽恕），在即将到达光明之域时，他突然止步，啊，忘乎所以地回头看顾欧律狄刻。于是，全部努力付诸东流，严厉的君王做出的承诺宣告作废，阿维努斯的沼泽间响起了三次雷鸣³⁷⁰。她叫道：'何以如此疯狂？俄耳甫斯，何以如此疯狂，使你我二人都遭受毁灭？看啊，无情的命运再次将我召回，睡意已凝滞了流动的眼波。别了，广大的夜幕正裹挟我而去，我伸出无力的双手，哦，却不得

---

365 考基图斯（Cocytus）源于希腊语的kokutos（哭号），斯蒂克斯（Styx）源于希腊语的stygeo（憎恨），均为传说中的冥界之河。（Homer, *Odyssey* X. 514, *Illiad* VIII. 369）

366 尤门尼德，复仇女神的别称，参看注78。

367 三头犬（Cerberus），希腊神话中守卫冥府之门的怪兽。（Propertius, III. 5.44; Horace, *Carmina* II. 19.29）

368 伊克西翁，见注232。

369 普洛塞尔皮娜，见注23。。

370 阿维努斯（Avernus），意大利南部湖泊，位于那不勒斯的普提奥利（Puteoli）附近，传说为冥界的入口之一（Cicero, *Tusculanae Disputiones* I. 37; Virgil, *Aeneis* VI. 237）

偕子同归。'话犹未了，她立刻从他眼前消失了，就像烟雾
融入稀薄的空气。他徒然地捕捉幻影，有一腔话语想对她
讲，但她再也见不到他，奥尔库斯的船夫也不许他再次渡过
面前的沼泽[371]。他又能如何？他的爱妻为何二度被劫夺？泪
水何以能感化死神？应该向何方神圣祈祷？她周身僵冷，据
一叶小舟在冥河中飘荡。传说，整整七个月，他日复一日来
到荒凉的斯特吕蒙河畔[372]，在一座高耸的山岩下哭泣。他在
阴冷的山洞里讲述他的故事，他的歌声令猛虎深受感化，使
橡树移步倾听。犹如一只夜莺，藏身白杨的绿荫下为丧失雏
鸟而婉转哀鸣，只因粗鲁的农夫发现了鸟巢，捕捉了羽翼未
丰的雏鸟。夜莺通宵哭泣，伫立枝头反复唱一支悲伤的歌，
凄楚的怨曲遐迩可闻。没有爱神的眷顾，也没有婚礼的欢歌
慰藉心灵。他独自流浪在寒冷的北国，沿着冰封的塔奈斯河
和里法厄常年积雪的荒原踽踽前行[373]，为欧律狄刻的殒命而
悲叹，为冥王的恩典落空而伤心。奇科涅斯的妇人们嫉恨其
用情专一[374]，在举行酒神祭并耽于彻夜狂欢之时，她们撕裂

371　奥尔库斯的船夫（portitor Orci），指冥河的摆渡人卡戎（Charon）。参看
注78。

372　斯特吕蒙河，见注39。

373　塔奈斯河（Tanais），即顿河（Don River），发源于俄罗斯中部，注入亚速
海。（Pliny, *Naturaris Historia* II. 246）里法厄，见注70。

374　奇科涅斯人（Cicones），居住在色雷斯南部沿海地区的古代部族。（Homer,
Odyssey IX. 39-61; Propertius, III. 12.25; Ovid, *Metamorphoses* X. 2, XI. 3）

了这名青年的肢体，将他的尸首抛掷在旷野上[375]。他的头颅从云石般白皙的颈项上落入赫布鲁斯河波涛翻滚的中流[376]，仍然以冰冷的唇舌发出空洞的声音，尽最后的气力呼唤欧律狄刻：'啊，可怜的欧律狄刻！'漫长的河岸也在回应：'欧律狄刻'……"

[528] 话音刚落，普罗透斯一跃没入深海，在入水处卷起浮沤四溢的漩涡。昔兰尼尚在原地，对惊魂未定的青年言道："我儿，你可以消除心头的烦恼了。灾祸的缘由已经讲明，正是那些曾经与欧律狄刻一同在林间舞蹈的仙女们使你的蜜蜂遭此劫难。你必须献上祭品祈求安宁，礼赞温柔的纳帕厄阿[377]，她们定会宽恕祷告者，平息满腔的怒气。不过，我首先要告诉你祈祷的方式。在你放牧于吕凯乌斯高山草场的牛群中选出四头体格出众的牡牛[378]，再挑出四头尚未负轭挽犁的牝牛。你要在女神庄严的神殿前建造四座祭坛，从牺牲的咽喉汲取献祭的鲜血，将它们的尸体弃置在茂密的丛林里。此后，当黎明女神第九次展露出满

375　将牺牲肢解献祭（Sparagmos）在酒神的秘教中习以为常，欧里庇得斯（Euripides，约公元前485—前406）《酒神的伴侣》中的彭透斯（Pentheus）也遭遇了同样的惨剧。（Euripides, Bachae）

376　赫布鲁斯河，见注361。

377　纳帕厄阿（Napaeae），宁芙的一类，居住在山谷或洞穴之内，参看注199。

378　吕凯乌斯，见注11。

天霞辉，献上忘川的罂粟祭奠俄耳甫斯[379]，同时屠宰一只黑羊，返回林中，再杀死一头牛犊，向宽大为怀的欧律狄刻表达敬意。"

[548] 阿里斯泰乌斯不敢怠慢，立即遵照母亲的吩咐行事。他来到神殿前，建起高大的祭坛，引来四头体格出众的牡牛，又牵来四头尚未负轭挽犁的牝牛。此后，当黎明女神第九次展露出满天霞辉，他就给俄耳甫斯献上供品，旋即返回林中。大出所料，他在这里目睹了一番无以言喻的奇异景象：在牛尸腐烂的腹腔内，蜜蜂嗡嗡低鸣，从破裂的两肋成群涌出，浮动如巨大的云团，最终聚集在树梢，一簇一簇悬挂在柔嫩的细枝上。

[559] 以上，就是我献给农耕、畜牧和园艺的诗篇。伟大的凯撒正将战火燃向深深的幼发拉底河[380]，给自愿归顺的人民颁赐胜利者的律法，开辟了通往天国的道路。此时，我，维吉留斯，由温柔的帕忒诺佩养育[381]，栖隐于不为人知的闲适之境，藻思焕发，戏作牧歌，逞年少的轻狂，歌唱

379　忘川，见注34。

380　幼发拉底河，见注107。

381　帕忒诺佩（Parthenope），海妖塞任（Serens）之一，此借其名指称希腊人在意大利南部建立的殖民城市，即日后的那不勒斯。

你，迪蒂卢斯，在山毛榉的幢幢翠盖下高卧[382]。

382　作者在此化用了《牧歌》之一中的诗句："迪蒂卢斯，你斜卧山毛榉的幢幢翠盖之下，用纤细的芦管试奏山野的谣曲。"（Virgil, *Bucolica* I. 1-2）迪蒂卢斯（Tityrus），虚构的人物，名字借自忒奥克里托斯的《田园诗》（Theocritus, *Idylls* III），参看拙译《牧歌》导言及第一章注1，广西师范大学出版社，2017年，第14—16页，第42页。

拉—汉译名对照表*

A

Abydus　阿比杜斯

Acerrae　阿凯莱

Achelous　阿刻罗

Achilles　阿喀琉斯

Acte　阿克特

Aegyptus　埃及

Aethiopia　埃塞俄比亚

Aetna　埃特纳

Alburnus　阿布努斯

Alcinous　阿尔基努斯

Alpes　阿尔卑斯山

Alpheus　阿尔甫斯河

Ameria　阿美利亚

Aminnea　阿米涅阿

Amphrysus　阿姆弗吕苏斯

Amyclae　阿密克雷

Amythaon　阿密塔翁

Anguis　天龙座

Anio　阿尼奥

Aonia　阿奥尼

Apollo　阿波罗

Aquarius　宝瓶座

---

　* 说明：本表仅收录正文中出现的专名。所有名词及由名词派生的形容词均还原为名词的单数或复数主格形式。为行文之便，少数名词的译音省略了原文的后缀。同一名词有两种译名者，并列于后，以"/"号分隔。名同实异者分别列出，并标注数字，以示区别。

Arabus　阿拉伯人

Arcadia　阿卡迪亚

Arctos　大熊座/小熊座

Arcturus　大角星

Arethusa　阿勒图萨

argitis　阿尔基蒂

Aristaeus　阿里斯泰乌斯

Ascanius　阿斯卡纽斯

Ascraeus　阿斯克拉人

Asia　亚细亚

Assaracus　阿萨拉库斯

Assyria　亚述

Athos　阿陀斯

Atlantides　阿特拉斯的女儿们

Aurora　奥罗拉/黎明女神

Ausonia　奥索尼

Avernus　阿维努斯

B

Bacchus　巴库斯/酒神

Bactra　巴克特拉

Baleares　巴利阿里

Belgae　贝尔加

Benacus　贝纳库斯

Beroe　贝洛厄

Bisaltae　比萨尔塔人

Bootes　牧夫座

bumastus　布马斯图斯

Busiris　布西里斯

C

Caesar　凯撒

Caicus　凯库斯

Calabria　卡拉布里亚

Camillus　卡米卢斯

Canis　大犬座

Canopus　卡诺普斯

Capua　卡普亚

Carpathus　卡帕图斯

Castalia　卡斯塔利亚

Caucasus　高加索山

Caystrus　凯斯特河

Cea　凯阿岛

Cecropia　凯克罗比亚

Centaurus　人马怪

Ceraunia　克劳尼亚

Cerberus　三头犬

Ceres　刻勒斯

Chalybes　卡吕贝人

Chaonia　卡昂尼

Chiron　喀戎

Cicones　奇科涅斯

Cinyps　吉尼浦斯

Cithaeron　吉泰隆

Clanius　克拉尼乌斯

Clio　克里奥

140

Clitumnus　克利图姆努斯

Clymene　科吕墨涅

Cnossus　克诺索斯

Cocytus　考基图斯

Coeus　科俄斯

Corycius　柯吕库斯人

Creta　克里特

Crustumium　科鲁斯图米

Curetes　库赖特斯

Cybele　库柏勒

Cyclops　吉克罗普 / 独眼巨人

Cydippe　基迪佩

Cyllarus　吉拉鲁斯

Cyllene　吉伦涅

Cymodoce　吉莫多

Cynthius　钦图斯之神

Cyrene　昔兰尼

Cytorus　基托鲁斯

D

Dacus　达库斯

Decius　德基乌斯

Deiopea　德约皮亚

Delos　德罗斯

Deucalion　丢卡利翁

Dicte　迪克特

Dis　迪斯

Dodona　多多纳

Drumo　德鲁莫

Dryades　德吕娅

E

Eleusin　俄琉辛

Elis　厄里斯

Elysium　厄吕修姆

Emathia　厄马替阿

Enipeus　厄尼佩乌斯

Ephyra　俄费拉

Ephyre　厄菲尔

Epidaurus　埃皮道鲁

Epirus　伊庇鲁斯

Erebus　厄勒波斯

Erichthonius　厄利克顿

Eridanus　埃里达努斯

Erigone　室女座

Etruria　伊特鲁利亚

Eumenides　复仇女神 / 尤门尼德

Euphrates　幼发拉底河

Eurydice　欧律狄刻

Eurystheus　欧律斯透

F

Falernus　法莱努斯

Faunus　法乌努斯

Furiae　复仇女神

G

Galaesus　加莱苏斯河

Ganges　恒河

Gargara　加加拉

Gelonus　盖洛诺斯人

Germania　日耳曼/日耳曼尼亚

Getae　格塔

Glaucus（1）　格劳库斯

Glaucus（2）　格劳库斯

Graecia　希腊

H

Haedi　御夫座双星

Haemus　海穆斯

Hebrus　赫布鲁斯河

Hellespontus　赫勒斯滂

Hercules　赫拉克勒斯

Hermus　赫尔姆斯

Hiberus　西贝鲁斯人

Hippodame　希波达美

Hister　赫斯特

Horcus/Orcus　冥王/奥尔库斯

Hyades　五姊妹星

Hydaspes　海达斯佩斯

Hylaeus　叙雷乌斯

Hylas　许拉斯

Hypanis　绪帕尼斯

Hyperborei　叙佩博勒人

Hyperboreus　叙佩博勒

I

Iacchus　伊阿库斯

Iapetus　伊阿珀托斯

Iapydes　伊阿庇德人

Ida　伊达山

Idumaea　伊杜美

Inachus　伊纳库斯

Indi　印度人

India　印度

Ino　伊诺

Ionium　爱奥尼亚

Ismarus　伊斯马鲁

Italia　意大利

Ituraea　伊图莱阿

Iulius　尤里乌斯

Iuno　朱诺

Iuppiter　朱庇特

Iustitia　正义女神

Ixion　伊克西翁

L

Iageos　拉吉奥斯

Laomedon　拉俄墨冬

Lapithae　拉庇泰/拉庇泰人

Larius　拉利乌斯

Latona　拉托那

Lenaeus　莱内

Lesbos　莱斯波斯

Lethe　忘川

Liber　利贝尔

Libya　利比亚

Ligea　里吉亚

Ligur　利古尔人

Lucrinus　卢克林湖

Lyaeus　吕埃欧

Lycaeus　吕凯乌斯

Lycorias　吕考莉亚

Lycus　吕库斯

Lydia　吕底亚

M

Maecenas　麦凯纳斯

Maenalus　迈纳鲁斯

Maeonia　麦奥尼亚

Maeotis　麦欧提斯海

Maia　迈亚

Mantua　曼图亚

Mareota　马略塔

Marius　马里乌斯

Mars　战神/玛尔斯

Marsus　马尔苏斯

Massicus　马西库斯

Medi　米底人

Media　米底亚

Melampus　墨兰普斯

Melicerta　梅利凯塔

Mella　梅拉河

Methymna　麦替姆纳

Miletus　米利都

Mincius　敏吉河

Minerva　密涅瓦

Molorchus　摩罗库斯

Molossis　莫洛西斯

Musa　缪斯

Mycenae　迈锡尼

Mysia　缪希亚

N

Napaeae　纳帕厄阿

Narysia　纳吕西亚

Neptunus　尼普顿

Nereus　涅柔斯

Nesaee　讷萨雅

Nilus　尼罗河

Niphates　尼法特斯

Nisus　尼苏斯

Noricum　诺里库姆

nympha　宁芙

O

Oebalia　欧巴里亚
Olympicus　奥林匹克
Olympus　奥林匹斯
Opis　奥皮斯
Orithyia　奥里提亚
Orpheus　俄耳甫斯
Ossa　奥萨山

P

Padus　帕杜斯河
Paestum　佩斯图姆
Palatium　帕拉丁山
Pales　帕勒斯
Pallas　帕拉斯
Pallene　帕勒讷
Pan　潘
Panchaia　潘加耶
Pangaea　潘盖亚
Panopea　帕诺佩亚
Paphos　帕福斯
Parnasus　帕纳索斯
Paros　帕罗斯
Parthenope　帕忒诺佩
Parthi　帕提亚人
passum　帕苏姆酒
pausia　保西亚

Pax　帕克斯
Pelethronia　派勒特罗尼亚
Pelion　佩利翁山
Pella　佩拉
Pelops　珀罗普斯
Pelusium　佩鲁修姆
Peneus　佩内乌斯河
Phanae　法纳厄
Phasis　发西思
Philippi　腓力比
Philyra　菲吕拉
Phoebe　菲比
Pholus　弗鲁斯
Phrygia　弗里吉亚
Phyllodoce　菲洛多
Pisa　匹萨
Pisces　双鱼座
Pleiades　七仙女星
Pollux　波鲁克斯
Pontus　庞图斯
preciae　普勒吉亚
Priapus　普利阿普斯
Proserpina　普洛塞尔皮娜
Proteus　普罗透斯
psithia　普西提阿

Q

Quirinus　奎里努斯

R

Remus　雷慕斯
Rhaetica　莱蒂卡
Rhesus　勒苏斯
Rhodope　罗多彼
Rhodos　罗多岛
Rhoetus　律图斯
Riphaei　离风山/里法厄
Roma　罗马
Romulus　罗慕路斯

S

Sabaei　萨巴人
Sabellus　萨贝鲁斯
Sabini　萨宾人
Saturnus　萨图
Scipio　西庇阿
Scorpius　天蝎座
Scylla　斯奇拉
Scythia　斯基泰
Seres　丝国人
Sicyon　西吉翁
Sila　希拉
Silarus　希拉鲁斯
Silvanus　西凡努斯
Sirius　天狼星
Sparta　斯巴达

Spercheus　斯佩尔吉乌斯河
Spio　思皮奥
Strymon　斯特吕蒙河
Styx　冥河/斯蒂克斯

T

Taburnus　塔布努斯
Taenarus　泰纳卢斯
Tanager　唐纳哥河
Tanais　塔奈斯河
Tarentum　塔仑同
Tartara　塔尔塔拉
Taygeta　泰基塔
Taygete　塔宇革忒
Taygetus　泰格图斯
Tegeaeus　忒吉亚人
Tempe　丹佩
Tethys　忒堤斯
Thalia　塔莉亚
Thasus　塔索斯
Thesidae　忒修斯的后裔
Thyle　图勒
Thymbra　提姆布拉
Tiberis　台伯河
Timavus　提玛乌斯河
Tisiphone　提西福涅
Tithonus　提托诺斯
Tityrus　迪蒂卢斯

Tmolus　特莫鲁斯

Troia　特洛伊

Tros　特洛斯

Tuscus　图斯库斯

Typhoeus　堤丰

Tyrrhenus　第勒努斯人

Vergilius　维吉留斯

Vesevus　维苏威山

Vesta　维斯塔

volaema　弗莱玛梨

Volcanus　伏尔甘

Volscus　沃尔斯库斯人

V

Venus　爱神

X

Xantho　克桑脱

主要参考文献

维吉尔《农事诗》英译本及研究专著

Eclogues, Georgics, Aeneid

Translated by H. R. Fairclough, Harvard University Press, 1999

The Georgics

Translated into English verse by K.R. Mackenzie, The Folio Society,
   London, 1969

The Eclogues and The Georgics

Translated by C. Day Lewis, with an Introduction and Notes by R. O. A. M.
   Lyne, Oxford University Press, 2009

Georgics

A new translation by Peter Fallon, with an Introduction and Notes by
   Elaine Fantham, Oxfod University Press, 2009

Jasper Griffin, *Virgil*

Bristol Classical Press, London, 2002

M. Owen Lee, *Virgil as Orpheus: A Study of the Georgics*
State University Press of New York Press, 1996

Thomas F. Royds, *The Beasts, Birds, and Bees of Virgil: A Naturalist's Handbook of the Georgics*, Oxford, 1918

古典文献

Cato, *De Agri Cultura*
http://www.thelatinlibrary.com/cato.html

Lucretius, *De Rerum Natura*
http://www.thelatinlibrary.com/lucretius.html

Varro, *Rerum Rusticurum de Agri Cultura*
http://www.thelatinlibrary.com/varro.html

Horace, *Carmina*
http://www.thelatinlibrary.com/horace.html

Ovid, *Metamorphoses*
http://www.thelatinlibrary.com/ovid.html

Aratus, *Phaenomena,* in *Callimachus, Lycophron, Aratus*
Translated by Mair, A. W & G. R, Loeb Classical Library, Volume 129, London, William Heinemann, 1921

荷马,《伊利亚特》
罗念生　王焕生译,人民文学出版社,2012年

主要参考文献

荷马,《奥德赛》
王焕生译,人民文学出版社,2008年

赫西俄德,《工作与时日·神谱》,汉译世界学术名著丛书
张竹明　蒋平译,商务印书馆,2020年

亚里士多德,《动物志》,汉译世界学术名著丛书
吴寿彭译,商务印书馆,2013年

卢克莱修,《物性论》,汉译世界学术名著丛书
方书春译,商务印书馆,2009年

瓦罗,《论农业》,汉译世界学术名著丛书
王家绶译,商务印书馆,2014年

奥维德,《变形记》
杨周翰译,人民文学出版社,2008年

后　记

　　本书以莱比锡 Aedes B. G. Teubneri 1899 年出版的 *Bucolica et Georgica*（《牧歌·农事诗》）中的 *Georgica* 拉丁文原文为底本翻译，据巴黎 Sumptibus Ant. Ure. Coustelier 1745 年出版的 *Publii Virgilii Maronis Opera*（《维吉尔全集》）校勘。底本有个别讹误，均照巴黎本予以订正，并在注释中做了说明。

　　在翻译过程中，我参考了《农事诗》的四种英译本。其中，H. R. Fairclough 的散文体译本几近逐词直译，最为切合原意，然似嫌过于矜谨且稍乏词采。K. R. Mackenzie 的译文为五音步的无韵诗，读来抑扬有致，堪称一部隽永可讽的诗作，但拉丁语远比英语简洁，以英语的格律诗对译拉丁语的格律诗，犹如用一只细小的瓶罂盛贮超出其容量的美酒，译者实难做到尽量收纳，而不能不加以简括或删减。C. Day Lewis 和 Peter Fallon 的译文均为形式相对自由的诗体，前者讲究辞藻，用语典雅且不蹈陈言；后者行文或出己意而多有增饰，虽失之率性却颇富激情。以上英译本瑕瑜互见，对本人把握翻译的"尺度"及措辞造句各有不同程度的启发。

　　参酌英译本之长短得失，拙译采用了散文的形式。关于古典拉丁语诗律及译者所取翻译文体的话题，本书导言已约略述及，拙译《牧歌》（广西师范大学出版社，2017年）的后记另有较为详细的解说，有兴趣的读者可以参阅。总之，在无法再现原诗韵律之美的情况下，窃以为"舍形存意"也许是一种审慎的翻译策略。为便于阅读和检索，译文分自然段，并在每一段起首标明原文的诗行序数。

　　以下几个问题，也须特予说明：

　　所有地名，悉遵古称。如亚速海（the Sea of Azof），原诗作"Maeotis"，即译为"麦欧提斯海"，以别古今之异。余类此，见正文注释，兹不赘述。

　　古罗马历史人物的姓名，汉译多从英语读音，如Marius，通译"马略"，然依拉丁语发音，则应译为"马里乌斯"。凡此之类，尽可能采纳通行的译名，但在特定上下文中，或按原文读音另行翻译，如"德基乌斯、马里乌斯和伟大的卡米卢斯家族"，就比"德基乌斯、马略和伟大的卡米卢斯家族"读来更觉文气顺畅。不合常例之处，尚希读者见谅。

　　还有一些名词，在翻译时也令人颇费推敲。如拉丁语的far，英语称spelt，通译"斯佩尔特小麦"，但spelt一词源自撒克逊语的spelta或高地德语的spelza，奥古斯都时代的罗马作家何以得知此一晚出的词语？姑译为"二粒麦"，在植物学的意义上固然略欠精当，但也是不得已而为之的变通之方。

正文所附脚注，偏重于专名、典故的浅释，因手头拥有的参考书甚少，未能做深入的疏证、考辨。注释中列具词语出典或相关文献的篇目，以便研究者查阅核对。

本书责任编辑杜非女士从申报选题、审阅书稿到编次校订，付出了大量心力并保证了出版质量，令人由衷感激。张总先生代为商洽出版事宜，苏中秋、朱艳坤两君惠借图书资料，另有多位友人关心本书的面世，殷殷之情，未敢少忘，在此一并致以深挚的谢意。

本雅明（W. B. S. Benjamin）认为译作并非原作的"附庸"，而是原作的"来生"。当我着手翻译，在键盘上敲出第一个汉字之时，就决定了我呈现给读者的文本不可能是真正的"维吉尔"，而只能是我个人所解读并用汉语加以转述的"维吉尔"。所以，如果拙译令读者有失所望，请勿低估这位伟大诗人的成就，而应归咎于本人的学识浅陋和能力不逮。

诚恳地期待读者的批评和指正。

党　晟

2022年中秋于长安乐游原寓所

图书在版编目（CIP）数据

农事诗 / （古罗马）维吉尔著；党晟译注. —北京：
商务印书馆，2023
ISBN 978-7-100-22802-2

Ⅰ.①农… Ⅱ.①维… ②党… Ⅲ.①诗集—古希腊
Ⅳ.① I545.22

中国国家版本馆 CIP 数据核字（2023）第 149641 号

权利保留，侵权必究。

农事诗

〔古罗马〕维吉尔 著

党 晟 译注

———————————————

商 务 印 书 馆 出 版
（北京王府井大街 36 号 邮政编码 100710）
商 务 印 书 馆 发 行
北京中科印刷有限公司印刷
ISBN 978 - 7 - 100 - 22802 - 2

———————————————

2023 年 9 月第 1 版　　　开本 880×1230　1/32
2023 年 9 月北京第 1 次印刷　印张 5

定价：48.00 元